Cair

Caio

escritasperformáticas

Cair até inventar onda

PALESTRA-PERFORMANCE

Caio Riscado

numa

Quando mais nada houver,
eu me erguerei cantando,
saudando a vida
com meu corpo de cavalo jovem

Caio Fernando Abreu

O abismo atrai
o abismo: caio
em
mim

Orides Fontela

Eles são muitos. Eu não os represento. Eu sou
uma ponta, um fragmento.

Antes de um convite, é bom que saibam: esse nome me obriga a desperdiçar o tempo. Nasci para ser caída. E do chão só me levanto por amor ou fome.

Não escolhi esse nome, não participei da festinha em que essa decisão foi tomada. Antes que eu pudesse abrir a boca e receber os primeiros tapas da existência, a marcação foi feita. E, consequentemente, sua profecia. Sei da minha primeira queda. Caí antes de vir ao mundo. Antes, ainda, de poder reclamar desta vinda, deste buraco que me tornaram, metendo não só a cabeça, a cabecinha, mas tudo até o talo. Fui gestado na vertigem da movimentação imposta, do trânsito que não finda, entre o que está em cima e embaixo, se arrastando pelas bordas da linguagem, do que não cessa de nascer e morrer. O susto frequente de dar com a cara no chão.

Dizer meu nome é como dar um tiro que sai pela culatra. Pois, ao mesmo tempo em que me chamam, vocês produzem, descrevem e reconhecem as suas próprias quedas. Se dizem: "Caio, veja isso", a ação é mais rápida que a minha reação. A sentença se subdivide em duas atividades e quando me organizo para olhar, obediente que sou, vocês já podem estar em outro nível, ou seja, tombadas. Essa dinâmica seria insustentável se vocês não pudessem me chamar por outros nomes. Se me chamam de outra coisa, por exemplo, girafa, seguimos em harmonia no que diz respeito ao lado de vocês nesta história. Eu, porém, continuo em descompasso. Posso aceitar apelidos e, até, quem sabe, mudar de nome. Só não posso ignorar o fato de que passei muitos anos submetido a esse chamado que é, por ele mesmo, como se isso fosse possível, um ato de fala.

Uma sentença performativa produz efeitos no real. O chamamento, então, não descreve a realidade porque não se reduz a enunciação de um fato. O nome, para além de constatativo, opera na transformação do real. A linguagem se converte em ação e, impondo o movimento, produz sua paisagem na mesma medida em que inventa sua pretensa descrição. É através da repetição ritualística que o teatro da linguagem produz corpo, nomeia aquilo que inventa, ou inventa o que nomeia, criando um ciclo de imposições e representações. Eu me chamo Caio (agora vocês já sabem) e os machucados aumentam, consideravelmente, toda vez em que alguém muito engraçado me pergunta se o Caio caiu.

Não há como escapar. A rivalidade dos nomes
 consiste em ser nomeado e nomear.

Na casa dos Sonhos, aprendi com a escritora Carmen Maria Machado que há uma cantiga na língua quíchua que diz que aquilo que nos nomeia, nos rompe. “Mas a verdade é que qualquer pessoa que saiba seu nome pode te partir ao meio”. Agora vocês já sabem o meu. Nossa promessa e nossa ameaça.

"o nome é ainda / o modo como chamas". Isso não sou eu quem diz, mas Daniel Faria, o poeta português. Nessa língua de fogo, entre chamas e chamamentos, "o nome é a arma contra mim", pois "com os teus lábios podes destruir-me".

A empresa brasileira Caio Induscar, líder na fabricação de carrocerias urbanas, ônibus, atua em todo o território nacional e em mais de 50 países. Com, aproximadamente, 75 anos de atividades, o site da empresa diz que "o sonho se realiza a cada dia" e que "com ousadia, a missão tem sido cumprida e os desafios vencidos". O meu nome circula por diferentes territórios, sendo responsável pelo deslocamento de pessoas entre lugares. Apesar do lema da empresa ser "com você aonde for", sinto-me, repetidamente, sozinho quando me deparo com a inscrição de seu/meu nome na parte de trás dos bancos. Em trânsito pelas cidades, a Caio Induscar nos lembra que a queda não é só uma possibilidade, mas um elemento estruturante do próprio ato de se colocar em movimento. Geralmente, um ônibus tem cerca de 50 assentos.

Movimentos que não me dão descanso: cair fora; cair de maduro; cair de boca no seu pau.

PRINCESA

Com 15 anos, num passeio pela biblioteca da escola, me deparei com um livro chamado: *Morangos Mofados*. Para a minha surpresa, seu autor também se chamava Caio. A proposição de mofar acompanhado de alguém salvou meus dias. Apodrecida, encontrei apoio para suportar a conduta escolar cristianíssima, mas pouco amorosa. Foi por essa época que inventei minha melhor mentira: justificar meu nome pela existência de Caio Fernando Abreu - fantasmagoria que, de tão presente, fantasiei em corredores, aulas de educação física, banheiros, assembleias estudantis e, mais tarde, em camas de motel. Não tive festa e, muito menos, dancei valsa. Debutei em sonho, no Menino Deus, ao lado de minha amiga e amante Jacira - esse cavalo jovem que me mostrou a luz brilhante do chão compartilhado.

Ando aos tombos. Meu coração está sempre no chão.

“Viva Jesus em nossos corações”, dizia o irmão lassalista ao cumprimentar a classe. Me lembro dessa frase estirado em minha cama e não nos corredores gelados daquela escola, onde quase ninguém se deitava comigo.

Viva, ando à procura de um chão mais perto
do coração.

Eu caio, louvor do missionário André Alves: "eu sei que tu me amas mesmo errante e pecador / a frustração da queda me corrói o coração / e ainda sim derramas o teu vinho sobre mim / eu sou um odre novo bem longe da perfeição / eu caio / às vezes caio / eu sempre caio / perdão eu caio / perdão".

Odre é um antigo recipiente feito de pele animal usado para o transporte de líquidos como água, azeite, leite ou vinho. Um odre novo, pouco trabalhado pelo tempo, ainda não teve a elasticidade e a resistência de sua pele testadas. Portanto, pode interferir de maneira significativa na conservação das qualidades do líquido que transporta. Os odres velhos costumam ser mais valorizados. Dizem que a pele velha conserva certa sabedoria. O que é minimamente curioso se pensarmos no terrorismo estético contra o envelhecimento. Cair é uma forma de dar conhecimento ao corpo. Apesar de novas, nós estamos cheias de líquidos e podemos, a qualquer momento, transbordar. Pecado não é chorar sobre o leite derramado. Pecado é não derramar.

A queda é uma escola permanente. Não há como impedir o seu curso.

O livro que estou lendo, *A arte queer do fracasso*, de Jack Halberstam, sinaliza um fato interessante: os perdedores não deixam registros enquanto os vitoriosos não param de nos encher o saco com as suas narrativas de sucesso. A disposição para a queda é uma forma de perda. Essas considerações sobre a história de um nome são também um arquivo de falhas. Um documento interessado na movência daqueles e daquelas que não chegaram em primeiro lugar. Se há somente uma pessoa no mais alto espaço do pódio, certamente, concordamos que abaixo dela se encontra uma multidão. Não se trata aqui de contar essa história, mas de marcar uma inversão de leitura como proposta: os vencedores, na verdade, são aqueles e aquelas que perdem em coletivo e por baixo. O solitário, de cima, nada ganha, pois nessa proposição já não acreditamos na falaciosa política da representatividade. O medalhista sozinho não representa ninguém. Já a multidão, é ninguém e, ao mesmo tempo, todo mundo.

Um alerta: é provável que haja, nessa audiência, um outro Caio entre nós. Portanto, se a conexão falhar, a culpa é nossa. A culpa é mesmo nossa.

Nas brincadeiras de adivinhação em que nomes próprios não podem ser ditos, nomes que são verbos têm a vantagem da camuflagem, um esconderijo que se cria no meio da sentença. Se digo: “eu caio”, posso estar fazendo referência a minha pessoa ou a minha queda. Mas não. Não mais. Brinco sério, respeito meu picadeiro. Quando digo: “eu caio”, estou mesmo querendo falar de mim e das minhas quedas. Na prática do estado brincante, o armário não me cabe. Nos limites desse arquivo, ser é também agir. Logo, brincar. Eu não me escondo mais.

Abandonei o esconderijo para brincar na claridão. Para pensar a brincadeira de acordo com as reflexões da pesquisadora e brincante Adriana Schneider: "como um gesto desobediente". Para fazer do nome um brinquedo e quebrá-lo. A quebra do nome detona a invenção de outros modos de relação e compartilhamento. Recriar a rua, a praça, o play, a cena, o palco, a roda e a pista. Brincar com os restos, com os cacos. Em bom português carioca: ir com toda disposição, cair em cima, cair matando. Brincou.

Quebrar o brinquedo é recriá-lo, usar seus pedaços para produzir rearranjos, deslocamentos. Os vestígios da quebra não formalizam a fixação de uma cena, mas possíveis lugares de ação. Assim como na performance, a escrita pode operar os sentidos na medida em que revela o fazimento dos seus possíveis. Esses lugares de criação das textualidades sinalizam que não basta escrever com as coisas. Para além disso, é preciso, como nos lembra Josette Féral, "testar os limites das coisas para inscrever o corpo nelas". O texto composto por fragmentos expõe em cada página um corpo autônomo que é restaurado, ou seja, testado de novo em seu limite, a cada leitura. Um corpo-coisa ou, se preferirem, uma coisa-corpo em constante estado de refazimento e inscrição. E, como toda coisa, o corpo-coisa também pode quebrar. Esse arquivo se faz na pergunta do que pode ser rearranjado, restaurado e deslocado mesmo depois da queda e da quebra. Cair e quebrar não são estações terminais. O brinquedo quebrado revela, como aprendi com Orides Fontela, mais possibilidades para o brincar. A quebra do nome não refaz o tempo. Ela reinventa a ideia da sucessão temporal linear. O corpo quebrado, o brinquedo brincado e o nome caído são temporalidades em condição de invenção e embaralhamento.

Vira e mexe vejo sua foto de perfil e penso no quão bom foi perder ao seu lado. Novas construções foram erguidas, eu já não sei o horário de abertura do parque, mas continuo caidinho por você. A cidade não tem mais o seu nome. Mas que era bonito, era.

Movimentos que não me dão descanso: cair de quatro; cair do cavalo; cair em contradição.

I ♡ CABELINHO

Christina me disse que estrelas caídas também brilham. Não por acaso, o seu nome começa com a letra c. Na chamada por ordem alfabética, Christina, com ou sem h, viria depois de mim. Me conforto com a ideia de cair antes dela. Já estar no chão para receber Christina, amortecer seu impacto. O que seria muito parecido com dizer: amor-por-te-ver-em-queda.

Cair é um exercício de desistência. É preciso desistir de ficar de pé. Eu e Natasha já desistimos. No meio da rua. Pedro perdeu suas chaves. No meio da rua. Por certo, elas caíram. Eu, Natasha e as chaves. De Pedro. O que seria muito parecido com dizer: não vamos mostrar as nossas cicatrizes.

A queda é uma forma de imaginação. Cair aciona o impossível e, ao mesmo tempo, o comum. O comum como uma grupalidade composta por diferentes. A queda também pode ser vista como método de invenção, estratégia de criação para modelos alternativos. Não se trata de fantasiar outro lugar, mas recusar o imposto. A recusa não é mera denúncia, oposição. Recusar o imposto já é habitar sua ruína: cair por dentro. Cair é uma forma de ação: escavar passagens para anunciar caminhos de dentro da escuridão.

A luz caindo diante dos seus olhos. O escuro não encerra nada. Ele anuncia o começo de um filme. Assiste, rapaz.

Segundo Roselee Goldberg, Yves Klein percebia as cores como os verdadeiros habitantes do espaço. Em 1960, ele compartilha pela primeira vez a fotografia *Saut Dans le Vide* (Salto para o vazio). Ao que tudo indica, a produção da foto contou com a participação de um fotógrafo e do grupo que segurou nas mãos um tecido esticado para que o corpo de Klein não estatelasse no chão. Na fotomontagem, o artista se lança, de pé e de braços abertos, do segundo andar de uma casa. Como um anjo, um Cristo ou um super-herói, Klein voa em direção ao nada para ir de encontro a tudo. Apenas como cor, mancha que habita o espaço, ele salta contra as visões limitantes da arte e da figura do artista. A queda de Klein, endereçada ao vazio, preencheu de questões o estado da arte e o colocou como um dos precursores da chamada "arte conceitual". Ao olhar para a fotografia de Klein, me lembro da letra de Moska que diz que "o vazio é o meio de transporte pra quem tem coração cheio". Se a sensibilidade é mesmo da ordem do imaterial, cair pode ser uma forma de partilhar deste impossível. A queda como meio: estímulo invisível e facilitador de passeios. Cair para fazer caminho: saltar, dar uma volta no tudo azul do tempo.

O chão confirma o corpo.

Com Maria Isabel Iorio, a queda como postura: olhe para os nossos sapatos e verá, nós estamos, decididamente, inclinadas a cair. Com Francisco Mallmann, a queda como encontro e assombro: achar um pedaço dele no chão, do outro lado do cômodo, e convidá-lo para dançar. Com Lucas Canavarro, a queda como mudança móvel: trabalho que não se desculpa pelo transtorno e nem precisa de caminhão. Com Rosyane Trotta, a queda como pesquisa em arte: não ter medo de abraçar o abismo entre as palavras e escrever. Sobretudo, escrever. Com Felipe Ribeiro, a queda como em Caetano: uma espécie de conquista. Com Gabriela Lírio, a queda como os enigmas em Clarice: maçãs no escuro. Com Bárbara Cabral, a queda como movimento de formação: fazeção. Com Gunnar Borges, a queda como anúncio: nós somos as outras bichas da família. Com Estela Rosa, a queda como um estouro: rojão que ilumina esse jeito caipira de se desmanchar pelo piso. Com Mila Teixeira, a queda como proclamação da vulgaridade: cruel, direta, ordinária e sem rodeios. Nossas roupas íntimas estão cheias de furos e não iremos emendá-las. O cotidiano esburacado nos cai bem. Com Renato Linhares, a queda como a primavera: cair é o destino da flor. E a flor, com Orides Fontela, na queda lúcida, no fresco silêncio: a flor não fala.

Nota sobre a queda lúcida a partir dos versos de Jidi Majia: as folhas brilhantes se curvam, como bocas abertas, para beijar o chão que amam.

Em *Sobre a terra somos belos por um instante*, de Ocean Vuong, Cachorrinho diz para a mãe que uma música pode ser uma ponte. Mas também o chão em que ficamos em pé. "E pode ser que a gente cante para evitar cair". Eu canto para despencar, Cachorrinho. Em movimento me aproximo do que eu sou. Já quebrei os dentes da frente por cair cantando. As palavras pedem o chão, eu aprendi. São ponte e abrigo. Nas canções, Cachorrinho, eu nunca estou em pé.

Com minha mãe, a queda como o carnaval:
todo ano cai no feriado.

Dependendo do clima, algumas superfícies não são indicadas para quedas inaugurais. Recomendo checar o caimento das estações antes do escorregão. Cair no molhado pode soar sedutor. Mas cuidado: cada queda produz sua própria tempestade. Não é necessário sobrepor catástrofes. Assim como viver, cair é um exercício precário que requer atenção. E a precariedade é inerente à vida.

Judith Butler diz que a precariedade é um fator característico e fundante da condição humana, pois todas nós nascemos precárias. Para que uma vida possa se dar é necessário o engajamento e o cuidado de uma complexa rede de outras vidas. A nossa vida não está somente em nossas mãos. Viver não depende somente de uma animação ou vontade do sujeito. Numa perspectiva de mundo em que o falocentrismo, a virilidade e a verticalidade são incessantemente estimulados, cair pode significar reativar estímulos para a manutenção das relações horizontais e de colaboração dessa rede, mencionada pela filósofa. No chão podemos ter a chance de encontrar nossos pares.

A partir da leitura de textos do pesquisador André Lepecki, gosto de pensar a queda como uma proposição (des)coreográfica: uma presença despencada. Cair é desafiar a verticalidade do poder, negar o fluxo eficiente dos corpos, virar pedra no meio do caminho e detonar políticas do chão. O corpo que cai anima ao seu redor outras palavras, outros mecanismos de relação, pois expõe com o seu movimento a instabilidade das coisas que se quer, a todo custo, esconder, camuflar, vigiar, corrigir, proibir e punir.

Com 68 anos, um homem foi vítima fatal de traumatismo craniano provocado pela queda de uma manga. A fruta, que caiu do pé, acertou sua cabeça.

Crianças, principalmente as que estão aprendendo a andar, caem com facilidade. Na minha infância, ouvi muitas vezes a frase: "levanta para cair de novo"! Os adultos que me cercavam queriam que eu aprendesse com os meus erros. O que eles não sabiam é que, mesmo pequeno, eu já sentia saudades do chão.

Assim como as crianças, as pessoas idosas caem muito. No início e no fim da vida nós estamos sempre de patins.

Quando o Gustavo caiu da bicicleta em Paris, ele nos enviou uma foto terrível. Caiu, deu com a cara no asfalto e quebrou os dentes. Foi atendido pelo serviço público e ficou literalmente com os dentes colados até voltar para o Brasil. A sua queda na cidade luz lhe trouxe: uma preocupação persistente, uma nova amiga e um contato que ele não gostaria de ter tido com o chão parisiense. Sempre que conta essa história, ele nos lembra que cair em outros países é caríssimo. Além disso, diz que poucos lugares no mundo tem um serviço de odontologia tão bom quanto o nosso. Sempre que ouço essa história, torço para que eu caia somente em solo brasileiro. Aqui nós estamos mais acostumadas a viver aos trancos e barrancos.

Durante uma tempestade de neve, em Lausanne, eu e o Lucas interpretamos um casal de senhorzinhos, andando de braços dados, com muita calma e atenção, para subir uma rua. Nesse dia, demoramos cerca de três horas para completar o trajeto que, normalmente, fazíamos em quarenta minutos. Não chegamos a nos espatifar no gelo, mas escorregamos muito. Nossas botas ficaram encharcadas e eu perdi a sensibilidade dos dedos dos pés. Não sentir os dedos, me lembrou da Lia, que passou cerca de um ano nessa condição. De manhã, antes de sairmos de casa, Vincent nos disse, com um sorriso, que o dia estava lindo.

Nós estávamos no Festival de Teatro de Curitiba para apresentar *MÓ*, uma das peças do repertório de MIÚDA. Durante a pré-produção, Lia tomou um tombo na escada do hotel e machucou a perna. Devido a hipersensibilidade da sua pele, um hematoma imenso se formou. Foi um dos maiores roxos que já vi na vida. Quando ela me mostrou o estado da sua perna, fiquei tão assustado que chorei. Me lembro de pensar: o trabalho ainda nem foi apresentado e já estamos no chão. Nessa peça, Lia dançava com um figurino que tapava o hematoma. Me lembro de pensar: as pessoas na plateia não sabem, mas por detrás dessa roupa existe uma enorme e roxa presença em queda.

Laura caiu e morreu sozinha em seu apartamento. O odor invadiu o corredor do andar e chamou a atenção dos vizinhos. Ela morava em um prédio sem elevador. O cheiro da sua queda desceu as escadas e chegou na portaria antes do seu corpo. Eu vi os porteiros chorando.

Dona Iracema caiu na minha frente, na Avenida Nossa Senhora de Copacabana, esquina com a rua Figueiredo Magalhães. Caiu, bateu com a cara no chão e quebrou os óculos. Com o impacto, uma das lentes se desfez em pequenos pedaços, machucando seu rosto com um corte no supercílio. Um grupo de pessoas se reuniu em volta dela. Apesar do susto, ela custou a aceitar ajuda para se levantar. Conseguimos uma cadeira emprestada no comércio da rua, colocamos Dona Iracema sentada e tentamos estancar o fluxo do sangue com toalhas de papel. Sem os óculos, ela não enxergava quase nada e me pediu que pegasse o seu celular e ligasse para Sônia, sua amiga. Quando Sônia atendeu, ela me pediu para que colocasse a ligação no viva voz. "Oi, Irinha, como você está"? - Sônia disse. "Ah, minha filha, eu caí de novo, acredita? Tô aqui feito uma pateta, sentada no meio da rua, com um monte de gente jovem e bondosa em volta, mas perdi meus óculos". "Onde você está"? - Sônia perguntou. Indicamos o local e ela saiu de casa para buscar sua amiga acidentada. Quando a ligação terminou, uma moça, das jovens e bondosas, perguntou: "quando foi a outra vez que a senhora caiu"? "Ontem, ontem mesmo, ontem, não tem nem vinte e quatro horas, eu estou toda arrebentada, minha filha, o nome disso não é velhice, é putaria" - disse Dona Iracema.

Já bem velhinha, a vovó caiu muitas vezes. Da própria altura, da cama, da poltrona, descendo ou subindo o pequeno elevado do chão da sala da casa, seu repertório de quedas foi imenso. Minha mãe e meu tio diziam que ela não se machucava porque era segurada pelas mãos do seu anjo da guarda. Vejam que trabalheira a vovó deu para o plano espiritual.

Júlia caiu em Berlim. Disse que me devia um áudio por ter caído da bicicleta. E essas bicicletas, hein, pessoal? Na gravação, comenta que a queda a transferiu para a infância e que essa era uma sensação engraçada. Imediatamente depois, começou a chorar. "Sabe, chorar-o-choro-do-tombo"?, ela pergunta. Chorar o choro do tombo.

O corpo que cai experimenta uma forma de abjeção: torna-se público, passível de toque, deslocamento forçado. Todo o mundo quer ter uma opinião sobre quem perde o equilíbrio. É como se a queda autorizasse a formulação de verdades sobre um corpo que, até então, detinha o controle de sua movimentação. "Você precisa ver um médico"; "não se mexe"; "levanta"; "senta"; "toma água"; "não pode sair andando como se nada tivesse acontecido". O corpo que cai perde direitos. E, dependendo da assembleia que se forma ao seu redor, também a capacidade de afirmação das suas vontades. Dona Iracema demorou para aceitar ajuda porque precisava de tempo. Mesmo no chão, continuava a ser Iracema, apesar do seu entorno impor o contrário. Mário discutiu com as pessoas que lhe prestavam ajuda. Ele queria voltar para casa sozinho e foi impedido. Fernanda me contou que quando sua mãe caiu ao seu lado na rua, um passante lhe disse: "não vai ajudar? Você não pode deixar ela aqui". A queda pode provocar o aparecimento do poder fantasiado de gentileza. A perda da verticalidade empodera os que continuam de pé e agem em prol da horizontalidade, mas somente para reafirmar sua pretensa superioridade. Essa "gentileza" do vertical não quer se aproximar do horizontal e nem tirar um corpo do chão. Quer, na verdade, dizer que nem no chão esse corpo pode ficar.

Disso, já sabia Stela do Patrocínio: "É dito: pelo chão você não pode ficar / Porque lugar da cabeça é na cabeça / Lugar de corpo é no corpo / Pelas paredes você também não pode / Pelas camas também você não vai poder ficar / Pelo espaço vazio você também não vai poder ficar / Porque lugar da cabeça é na cabeça / Lugar de corpo é no corpo".

Devido a sua alta frequência, os efeitos diretos e indiretos sobre a qualidade de vida da população, a QPA (queda da própria altura) é considerada um problema de saúde pública. Na maior parte dos casos, as vítimas de QPA apresentam traumas leves. Mas a chance de haver lesões graves e clinicamente ocultas não pode ser ignorada. É necessário valorizar os pequenos sinais. Cair da própria altura pode modificar as pessoas por dentro. Nem toda bagunça é visível.

Nos anos 70, Drummond fez um poema sobre a queda do Elevado Paulo de Frontin, na Tijuca, bairro da Zona Norte do município do Rio de Janeiro. Segundo o poeta, o elevado desabou como uma xícara, caindo das mãos. Sujou tudo: vidas, fuscas e ônibus. Pouco antes de morrer, em sua última entrevista, Drummond disse que tinha um único medo: escorregar, levar uma queda e quebrar o fêmur. Penso, agora, nesse poema que ele não escreveu.

Quando entrevistada por Marília Gabriela, a cantora Ludmilla disse que o seu maior medo seria “cair da moto e se ralar”. “Um bom medo, aliás, muito justo, apropriado, faz favor, hein, cuidado”, disse Gabi.

A queda confirma o chão.

Movimentos que não me dão descanso: cair
de bêbado; cair redondamente; deixar que
algumas vontades caiam por terra.

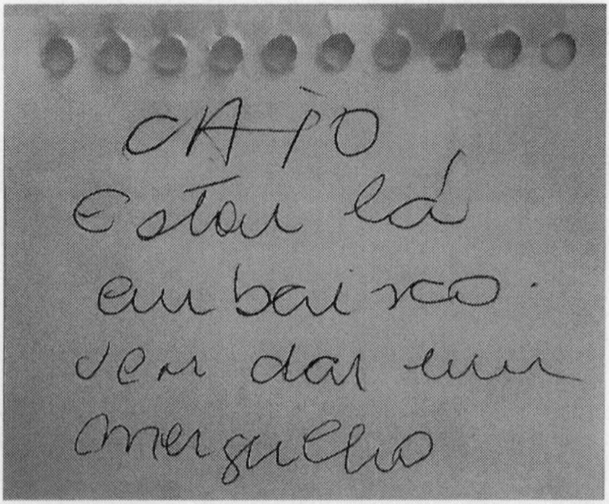
CAIO
Estou lá
em baixo.
Vem dar um
mergulho

Dos poucos apelidos que tive, “cabelo” foi o que mais pegou. Penso nele agora. Tão bom alguém chamar cabelo. Pensar que se pode pentear a pessoa por inteiro. Passar a mão por suas ondas, acariciar seu couro. Apesar do apelido, meus cabelos seguem em queda. A calvície é um horizonte do qual não pude fugir. Nomear algo por seu passado. Saber que a possibilidade do futuro implica em recuo. Eu continuo com as costas cheias. Chamar cabelo, pela ausência dele.

Ôôô, cabelinho! - gritado por Bel, minha amiga
Bel.

Poucas pessoas me chamam de Cainho. O diminutivo desacelera a queda. As consoantes "n" e "h" distanciam o "i" da vogal final "o" e prolongam a duração do nome no tempo. Dos apelidos que conheço para Caio, todos ultrapassam quatro letras. Quem me chama de Caião diz mais sobre si do que de mim. Eu sou uma criatura pequena. Por favor, me respeitem.

Caio é um nome muito antigo. No Império Romano era tão comum que até passou a ser sinônimo de homem. Cruzes.

Na porta do shopping, depois de conversar comigo, acenou para o seu filho, que estava do outro lado da rua, e pediu para que o menino me mostrasse a sua carteira de identidade. Não deu outra: Caio Graco.

Caio rima com: soslaio; paio; lacaio; raio; maio; pangaio; papagaio; sampaio; balaio; cacaio; cobaio; ensaio; desmaio. As três últimas rimas versam sozinhas. Em meu nome: caio, feito um cobaio, ensaio, desmaio.

Cada dia o Doca me chama de uma coisa. Já fui, e ainda sou, Caia, Caila, Caila Ayala, Princesa Kaýla, Caiane, Cailana, Cailáttara, Caiatta, Caítaca, Princesinha, Princesa Kaylane, Principessa, Princess Risc e, um dos meus prediletos, Kalalaleila. O maravilhoso de estar com o Doca é não ter só um nome: poder ser muitas, ser todas e, ao mesmo tempo, ser nenhuma. Ser inespecífica, imprópria, sempre outra e vulcânica. Nós nos damos outros nomes para cuspir lava, expelir para fora o nosso reinado que já nasce fracassado. Entre eu e a minha rainha, o "parlare" nunca termina.

Salomé perguntou meu nome. Eu disse e ela riu, tímida. Testou algumas vezes a pronúncia e perguntou: "você se chama 'Caiú'? Como as pedras"? Não soube o que responder. Dias depois, aprendi que, em francês, uma das palavras para pedra (um seixo, fragmento de mineral ou rocha, pedaço de pedra de pequeno porte) é: caillou.

Na manhã de ontem, chorei pela queda do nosso contato. Eu saí na revista e quase disse o seu nome quando o jornalista perguntou de quem eu tinha saudade.

Saudade de dizer: tenho uma queda por você.

Uma lista de quedas corriqueiras que não me despertam interesse: a queda da ligação; a queda da chamada de vídeo; a queda do sinal; a queda da conexão; a queda da internet. Cair numa reunião virtual é como desaparecer provisoriamente: sua imagem e voz são interrompidos, você perde o seu quadradinho e, às vezes, ainda precisa pedir autorização para retornar à sala. Um enorme cansaço.

Alunas, alunos e alunes salvam os documentos de seus trabalhos finais com o meu nome. TrabalhoCaio. Trabalho_CAIO. Final_trabalho_Caio. CaioTrabalhoFinal. CaioPronto. TRABALHOCAIO. Passeio por essa floresta de diferentes combinações nominais até me deparar com o seguinte documento: TrabalheCaio. Não sei se por erro de digitação ou pelo desejo de chacoalhar a linguagem, ativando a ideia de uma atividade não binária, o pequeno arquivo fez efeito em mim. O menine trabalho escapa da norma, mas não rompe a relação da prestação de serviços. Entre o desvio e a possível sentença impositiva, sigo trabalhando e assustado pela possibilidade de estar acabado, de me identificar com o CaioPronto.

O irmão de uma aluna também se chama Caio. Me disse que isso faz com que ela se sinta mais próxima. A constante ameaça da queda pode destruir uma família inteira. Mas é a eminência do fracasso o que nos aproxima.

Saudade de ouvir: professor, essa matéria cai na prova?

“Cai, cai, balão! Cai, cai, balão! Aqui na minha mão. Não cai, não! Não cai, não! Não cai, não! Cai na rua do sabão”.

Minha vizinha está fazendo aulas de dança na sala do seu apartamento. Apesar de não morarmos no mesmo edifício, tenho uma vista privilegiada para o seu processo de aprendizagem. Seu professor aparenta ser uma pessoa entusiasmada: bate palmas e diz coisas que não consigo ouvir por conta da distância. Eu estava fumando um cigarro na janela quando a vi tropeçar nos próprios pés e cair. Mesmo sem entender o que eles diziam, consegui ouvir as risadas. Em algumas ocasiões, a queda tem isso: é um convite para a gargalhada coletiva. Um modo de afastar a solidão, fracassar junto.

Hoje de manhã, durante uma conversa na sala de ensaio, Luar Maria me lembrou que a dança clássica, principalmente o balé, não tinha relação com o chão. Os movimentos eram verticalizados e, de certa forma, buscavam a dimensão do sublime a partir da ideia de transcendência. No recorte eurocêntrico, é comum que a prática da bailarina Isadora Duncan seja citada como um dos marcos para a modificação desses valores. Ao tirar as sapatilhas e pisar no chão, a dança de Duncan amplia a noção de apoio e começa a trabalhar o chão como elemento articulador da sua base dançante. É claro que muitas outras danças trabalhavam e pisavam no chão. Mas, na visão eurocêntrica, é somente no que se costuma chamar de dança pós-moderna americana, com as pesquisas e criações de Trisha Brown, Yvonne Rainer, Steve Paxton, Lisa Nelson e outras, que o chão aparece como parte integrante das técnicas em dança. Seguindo essa linha, aprender a cair torna-se fundamental para a própria ideia de dança. Não se trata somente de ir ao chão. Mas de utilizá-lo também como passagem.

Thereza Rocha diz que “a dança não se sabe. A dança não se sabe nunca” e sugere que voltemos sempre e a partir daí para dançar. Do não saber da dança que é operado pela lógica da diferença. Me aproximo das reflexões de Thereza e penso que a queda é um modo de dançar que só se descobre caindo. E a descoberta da queda não implica na resolução da dança. Assim como a dança, a queda é uma experiência que se apaga tão logo se desenha. O corpo que cai produz movimento que é dança ainda por fazer.

Nas histórias de conflito entre o bem e o mal a expulsão do céu é um tema recorrente. Em 1847, Alexandre Cabanel exibiu sua versão para a saga do anjo caído. Na tela, Lúcifer tem as mãos unidas, quase que em um gesto de prece, e os braços na altura do pescoço. Seu rosto é levemente flexionado para baixo, de modo que um de seus braços tapa a visão de sua boca e metade do nariz. Por cima do braço, ele exprime um olhar raivoso, de sobrancelhas cerradas. Observando com atenção, é possível perceber que ele chora. Suas lágrimas são um registro dos sentimentos de mágoa e revolta. Mesmo depois da queda, Lúcifer não expressa desgaste físico ou lesões corporais. Ele foi pintado com um corpo magro, forte, com músculos torneados e abdômen sarado. Essas características se justificam pela escolha do pintor em utilizar representações canônicas dos Titãs para corporificar Lúcifer de maneira proporcional a eles. Fontes seguras afirmam que o tanquinho de Lúcifer foi uma das razões de sua expulsão. Fora do paraíso, indo de encontro ao que se pensava no céu, Lúcifer não se viu sozinho. Por aqui, bate ponto pelos vestiários das academias da Terra. À noite, se multiplica em corpos que dançam sem camisa. Lúcifer virou militante, sabe que o fervo também é luta e se entende, atualmente, como uma biscoiteira em desconstrução. Não volta pro céu, caiu na gandaia.

Se vocês visualizarem a pintura de Cabanel em preto e branco, poderão lembrar do trabalho do fotógrafo brasileiro Alair Gomes. Reconhecido por clicar corpos masculinos, Alair criou um acervo de imagens que expressam uma das facetas da sociabilidade homoerótica carioca dos anos 70 e 80. Os rapazes de Alair, assim como os anjos das narrativas de escândalo religiosas, foram continuamente expulsos do céu. A queda do paraíso não é uma violência reservada aos antigos. Ela é atual.

Bataille considerava equivocada a compreensão da vida voltada para a elevação. Dizia que os homens, com a cabeça leve, isto é, "elevada na direção do céu e das coisas do céu", olham para o dedão do pé "como um escarro sob o pretexto de que esse pé está na lama". Nesse jogo de caprichos e fetiches, falsos valores e uma separação duvidosa entre o bem e o mal, Bataille chamava a atenção para a coreografia social dos dedos: enquanto que "os dedos da mão significam ações hábeis e caracteres sólidos", para os dedos do pé se reserva a "baixa idiotice" ou a "baixa sedução". Nesse sentido, os calos dos pés e sua possível deformidade diferem das dores de cabeça e outros órgãos em razão de sua proximidade com a lama. Os homens passam a vida inteira fugindo da inferioridade do chão, fingindo não pertencer a ele, pois recusam a morte e temem o pavor da queda brutal. Ao invés de aceitar o fluxo contínuo entre o alto e o baixo, esse vai e vem sedutor entre o céu e as trevas, entre a luz e a sarjeta, os homens desejam viver em estado constante de elevação. Esse desejo revela superficialidade e torna a queda final ainda mais assustadora. Não tem jeito: quanto mais longe do chão, maior será o impacto da queda. Apesar da insistência dos homens, o nosso encontro com a lama é incontornável.

Humilhar é rebaixar. A palavra humilhação está relacionada com o termo humus que significa "chão e terra". É do chão e da terra que nascem as flores.

No quarto escuro, deixo cair meu vestido. O tecido se despede do corpo para que você, rapaz dos olhos de festa, me cubra com a sua confusão. O chão gelado toca o meu peito e eu fico azul. Deu na televisão que a queda brusca de temperatura tem feito estragos inimagináveis por aí. Mas a tua pele me veste bem. Eu sei que veste. De hipotermia não morro. E, vivo, não sirvo para os jornais.

“A terra azul da cor de seu vestido”. “A terra azul da cor de seu vestido”. “A terra azul da cor de seu vestido”. E mais: “é seu vestido cor de maravilha nua”. Maravilha nua.

Movimentos que não me dão descanso: sonhar que estou caindo; cair em desgraça; cair no esquecimento.

Desde que comecei a performar leituras deste texto, recebo contribuições valiosas para a continuidade dessa escrita que se apresenta teimosa, infinita. Uma delas foi feita por Bruno, ao lembrar da canção *O último romântico*, de Lulu Santos. Apesar de no vasto repertório musical brasileiro muitas letras falarem do azul, é Lulu quem diz que é preciso iluminar a vida, pois a morte cai do azul. Ele usa este verbo: cair. Como se a morte se desse em queda: na cor, com a cor, pela cor, através dela. Se todos os nossos mortos caíram do azul, não consigo pensar em nenhuma outra cor melhor para lhes fazer companhia. Cair do azul, para ficar nele, aumentar sua escala cromática. Talvez, seja isso: a morte cai do azul porque alarga sua imensidão, faz do oceano um chamado para a memória que não para de se atualizar através do seu movimento ininterrupto. Memória, assim como aprendi com Joana que, por sua vez, aprendeu com Ecléa Bosi: a memória como uma forma de trabalho. Olhar o mar: cair do azul, no azul ficar, deixar que o trabalho trabalhe.

Louise Bourgeois escreveu: “meu trabalho inicial é o medo de cair. Depois se tornou a arte de cair”.

Em 1989, Leonilson escreveu: "o desejo é um lago azul". Um ano antes, em 1988, o ano do meu nascimento, o artista profetizou: "todos os rios levam a sua boca". Nessa obra, lembranças se cruzam em tons de laranja e azul. Os rios mencionados são de São Paulo e se encontram em um círculo vermelho, como uma boca aberta, desenhado no centro da tela. Esse círculo, além de uma boca, pode ser também um cu, roçado, atravessado e penetrado pelo fluxo dos rios. Junto do nome de rios conhecidos, Leonilson realiza inscrições poéticas como quem cria novos rios ou rebatiza os antigos. Ao lado do Rio Tietê, por exemplo, está o desenho do rio "Confusão". Me encanta a ideia de nadar pela confusão de Leonilson, beber da sua água. A obra, como um trabalho íntimo da memória, opera por versos soltos que podem ser lidos em diferentes combinações. Mas apesar das múltiplas leituras, o artista afirma: "todos os rios levam a sua boca". Na parte inferior da tela, está o lago do desejo, azul e reservado. Apenas dois rios chegam a ele. Numa conversa com Yuri, ele destaca esse fato: a presença do lago revela que todos os rios levam a sua boca, mas poucos têm origem no desejo. Apesar do assédio dos rios, da boca ou do cu penetrados, o desejo permanece como um espaço resguardado. Dar um mergulho, então, no lago azul de Leonilson, inventar onda e cuidar do nosso desejo.

“O paraíso é uma flor / Com mil pétalas neon / Basta olhar o céu azul / E dizer: I love you”.

Dei pra cair dormindo. Agora, descanso no chão. Não tenho mais medo das pedras que os sonhos me atiram.

Mesmo quando não caio, o chão pensa em mim.

O passado pesa. E não pode ser lido como imóvel. O que aconteceu, aconteceu. Mas a maneira como contamos o acontecido se atualiza. O passado é tão somente o agora que fazemos dele. Contar histórias é agir a história. O faz de conta na conta do que se refaz. A mudança de narrativa não implica em apagamento. Os nomes continuarão sendo ditos. Só que do jeito certo. A queda dos monumentos é um tipo de devolução do chão. Pode pisar na grama.

A atividade do passado é não deixar o presente de pé.

Diferente de nós, o chão é extremamente paciente: espera que todo o peso do mundo caia sobre ele.

Em *Ideias para adiar o fim do mundo* Ailton Krenak faz a seguinte pergunta: "por que nos causa desconforto a sensação de estar caindo"? Diz que "a gente não fez outra coisa nos últimos tempos senão despencar". De acordo com ele, é preciso usar a capacidade crítica e criativa para construir paraquedas coloridos. É preciso "pensar no espaço não como um lugar confinado, mas como o cosmos onde a gente pode despencar em paraquedas coloridos". Paraquedas coloridos.

Quando eu estava escrevendo o meu segundo livro, fiz um poema sobre a queda do amor. Sobre a necessidade de deixar o amor cair. Só depois que o amor conhece o chão é que se pode oferecer o colo.

Recaída é o ato ou efeito de recair, cair novamente. Ela acontece mais em problemas românticos do que de saúde. Sei por experiência.

Adriana Maciel me enviou um pequeno conto do Cortázar que se chama “Caio e me levanto”. Nele, o autor diz que “ninguém pode duvidar que as coisas recaem”. As coisas e nós, humanas recadentes. Em contato com o arquivo, fiquei envolvido com as partes marcadas por ela. Gosto de livros rabiscados. Das palavras de Cortázar, Adriana sublinhou: “nem toda recaída vai de cima para baixo, porque em cima e embaixo não querem dizer grande coisa quando já não se sabe onde está”. Reforço o destaque com a minha canetinha marca-texto. Agora somos três: eu, Adriana e Cortázar. Três iluminadas, mas sem direção.

No disco *As 4 estações*, Sandy e Junior cantam um amor que, apesar do outono sempre igual, não vai ao chão porque é imortal. Cantei diversas vezes essa música sem perceber que me enganava. Amar é despencar, Sandy e Junior. Somente caindo é que se sabe o tamanho do estrago.

Quando as palavras caíram da tua boca, como um sabão que escorrega das mãos, eu desci as escadas correndo. Na portaria, não encontrei ninguém. Eu esqueci o código de abertura do portão e esperei outro morador entrar para poder sair. De relógio, foram 28 minutos engasgado. Na rua, soltei o peso do corpo contra o chão. O porteiro voltou do almoço e perguntou se você estava em casa. Eu disse que sim. Ele respondeu: "vou interfonar". Pegou o telefone preto e anunciou: "acho melhor o senhor descer. Seu Caio caiu aqui embaixo". Não conseguimos conter o riso.

“Se eu caio no suingue é pra me consolar / É que essa vida não tá mole / E eu faço assim para me segurar”.

Participei de uma queda de braço arranjada como aposta para beijos futuros. Não sei como me meti nessa. Só posso dizer que perdi. Perdi por desinteresse pelos lábios que serviam como recompensa pela vitória na disputa e pelo desejo abafado de enfiar a língua no meu oponente.

"when i want to kiss you / i kiss the ground".
"when i want to kiss you / i kiss the ground".
"when i want to kiss you / i kiss the ground".
Repito três vezes os versos de Danez Smith.
Três vezes, como um mantra.

Numa sessão de análise com o Celso que eu caí na real sobre aquela viagem. Não foi a paisagem, o grupo de amigos ou a comida. Foi porque no meio do mar eu descobri o desejo. Me lembro do corpo tremer inteiro só de te ouvir chamar o meu nome (recém-aprendido por sua boca). Por onde você anda, Guilherme? Não mostrei para ninguém o seu bilhete de despedida.

“eu por exemplo / tinha a idade de dezenove anos / quando o amor me infernizou de azul / a paisagem”, escreve Caetano Romão. Já eu, tinha treze.

Tenho amigas que produzem uma festa chamada Xêpa. De manhã, nossos corpos são como o resto da feira. Eu já estava caído em Vicente quando Mayara caiu em cima de mim. As sobras são inimigas do fim. Cair em cima do outro é uma forma de impedir que ele vá embora. O corpo sabe fazer companhia.

Somos frutos estranhos. E, apesar de caídas longe da árvore, podemos ser doces. Mas só se quisermos.

Ontem à noite, minha irmã perguntou quem são meus novos amigos. Quando falei de você, minha voz saiu carinhosa. Depois, você me apareceu em sonho. A gente jantava em um cômodo vazio, meio improvisado. Uma pintura embaraçosa e bonita. O embaraço tem disso: uma delicadeza assustadora. Não fique constrangido com essa mensagem, eu mesmo não sei o que ela significa. Talvez, ainda demore para cair a ficha. Não é assim que o pessoal fala? Cair a ficha? Os seus silêncios são valiosos para mim.

"caiu aqui", você me disse no corredor da universidade, com um leve sorriso no rosto, pedindo para que eu me aproximasse. Os segredos moram perto do chão. Entendi.

Perto dos peixes, em *A vida submarina*, Ana Martins Marques afirma que mais importante do que já ter amado é ter uma mesa. Concordo. Segunda ela, "uma mesa é uma espécie de chão que apoia os que ainda não caíram de vez". Ou os que não souberam cair, eu acrescento. Perto dos peixes, debaixo d'água, cair é um exercício lento, demorado, que não atrai tanta gente. Paciência.

Um gato caiu da Ponte Rio-Niterói. Foi confundido com uma gaivota e, ao ser resgatado por dois pescadores, voltou a ser gato.

Felizes são os bichos que vivem com quatro ou mais apoios. Eu quero ter o meu corpo todo abraçado pelo chão. Eu quero ser um bicho--bicha. O brasil é o bicho, cara! O jardineiro é Jesus e "as árvores somos nozes". Quer dizer, não mais. "Já que é pra tombar, tombei" – disse o ministro, passando a boiada em cima da nossa cara, da nossa casa, da nossa pátria.

As montanhas-russas não são simulações de quedas. Aquilo lá é outra coisa. Nunca vi ninguém fazer fila para se espatifar.

Na palhaçaria muitos artistas utilizam diferentes tipos de queda em seus repertórios de *gags*. Nesses casos, cair não significa somente ir ao chão, mas criar uma espécie de oportunidade cênica (ou suspensão) para, depois do chão, se erguer novamente. É na observação da repetição, no desenvolvimento de uma série de quedas, que nos aproximamos do palhaço através da identificação. O palhaço falha e, ao falhar, nos convida a olhar para as nossas próprias frustrações. O palhaço cai e se levanta apenas para cair de novo. A sequência de quedas pode provocar o riso, que brota como uma espécie de efeito delator do nosso reconhecimento. Rimos do palhaço porque nos vemos nele. O reconhecimento público provocado pelo ato ensaiado e, também por isso, aberto ao improviso, é o que nos possibilita a sensação de menos solidão. Rimos muito mais *com* o palhaço do que propriamente *dele*. A respiração acelerada, o chacoalhar do corpo, o rosto contorcido, às vezes com lágrimas, os dentes à mostra e a gargalhada desajustada expõem o nosso lado grotesco. A queda do palhaço, ao mesmo tempo que expõe o nosso ridículo, nos livra de sermos sozinhos. Cair na palhaçada é uma queda de mãos dadas.

O rapaz olhou para o namorado e disse: "não gostei, isso aqui já foi melhor, caiu muito a qualidade". E o namorado respondeu: "todos nós já fomos melhores". Tive vontade de gritar e eles terminaram de comer em silêncio.

Na fila dos correios, me disse: “a desorganização desse país, meu filho, é de cair o cu da bunda”.

Em prédios de dois ou mais andares, a tubulação vertical instalada para receber os efluentes de subcoletores, os ramais de esgoto e os ramais de descarga, é chamada de tubo de queda. Apesar do isolamento da modernidade, que preserva a privacidade de quem pode arcar com os custos de um espaço íntimo, a merda produzida pelas unidades individuais se torna coletiva quando depende desse tubo para tomar o seu rumo. Mesmo isoladas em nossos quadrados de concreto, nos encontramos na merda. Cair na merda é um destino coletivo e ninguém está sozinho nessa. Pelo tubo de queda, não só caímos juntas como despencamos misturadas. "Eu ponho a minha mão na sua para que juntas possamos fazer aquilo que eu não quero, e não posso, fazer sozinha: merda".

Diretamente do país das pessoas caídas, ou seja, a pátria de todo mundo, declaro a queda como uma forma de apaixonamento por tudo o que deu errado, justamente, por não precisar dar certo. Declaro, ainda, a queda como uma posição em defesa da horizontalidade azul – um mar de colchões.

"Cai o Rei de Espadas / Cai o Rei de Ouros /
Cai o Rei de Paus / Cai não fica nada".

Em 2019, com muitos anos de atraso, a democracia espanhola conseguiu remover do Vale dos Caídos os restos mortais do ditador Francisco Franco. Por decisão do governo socialista, a exumação foi embasada pelo argumento de que nenhum ditador pode ter um túmulo de estado em uma democracia consolidada. Na ocasião, Francis Franco, neto mais velho do ditador, se queixou na *Antena 3* espanhola e disse considerar ridícula a medida do governo. Como envelhecem mal aqueles que herdam o sangue assassino nas mãos, eu pensei. De acordo com o *El País*, em 2019, Francis Franco acumulava um patrimônio de aproximadamente 44.7 milhões de euros com mais de 200 propriedades. Só no coração de Madrid, o neto mais rico do ditador controlava 193 lotes que funcionavam como estacionamentos. Apesar disso, o dono de tantos espaços não queria tirar o vovô do Vale. Na mão milionária, a homenagem aos caídos de guerra vira fetiche de cumplicidade genocida. Liberto da presença de Franco, o Vale dos Caídos, finalmente, caiu em paz.

Os dentes caem para que fiquemos sem provas das mordidas da infância.

Quando você se espalha pelo chão da minha boca e faz com que eu sinta falta dos seus membros como se eles fossem meus, eu sei. Aí, eu sei.

Pano de boca é uma grande tela que ocupa toda a parte da frente do palco teatral, cobrindo a boca da cena. Em teatros mais antigos e pomposos, o pano de boca costuma ficar na frente da cortina e é exibido antes do início do espetáculo. Em alguns teatros, com menos estrutura, o pano de boca faz as vezes da cortina, ocultando ou revelando a cena. *Pano de boca* foi o título que Fauzi Arap escolheu para uma de suas dramaturgias que, através da metalinguagem, representava os dilemas vividos por um grupo de atores no período da ditadura militar brasileira. A escolha do título faz referência ao pano de boca como elemento que encobre a cena, aludindo metaforicamente à repressão submetida aos artistas. É da utilização do pano de boca como elemento simbólico da temporalidade no maquinário teatral que surge a expressão "cai o pano". Presente em diversos textos da nossa dramaturgia na forma de rubrica, o cair do pano indica a finalização de um ato ou o encerramento total do drama.

Cai o pano foi também a tradução escolhida para o título em português de um dos romances de Agatha Christie. Na ficção, acompanhamos o último caso do detetive Hercule Poirot, figura marcante na carreira literária de Christie, até o momento em que a personagem morre. *Cai o pano* foi o último livro publicado em vida pela autora, em 1975, mesmo ano de estreia da primeira montagem de *Pano de Boca*, e um ano antes do seu falecimento, em janeiro de 1976. De acordo com pesquisadoras da sua obra, apesar de lançado em 1975, o livro teria sido escrito nos anos 40, ficando guardado por três décadas no cofre da autora. No romance, o detetive Poirot já está velho e frágil, assim como estava Agatha Christie no ano da publicação. Dizem que ela escolheu publicar o livro perto do final de sua vida para misturar seu fim com o fim da sua emblemática personagem. Assim, Christie fez cair o pano não só na ficção, mas também na realidade. A escritora e sua personagem morreram para continuarem vivas. Nesse caso, o cair do pano não encerra nada, apenas sugere uma suspensão. Como diz o dramaturgo argentino Eduardo Pavlovsky, no texto *Vermelhos Balões Vermelhos*, "estreamos todos os dias para não morrermos nunca". O espetáculo continua, a palavra escrita sempre pode voltar a ser lida, o drama não se esgota, segura o pano.

Quando viajo para fora, não me esforço muito.
Tropeço nos idiomas para ter a chance de me
enrolar em outras línguas.

Cuidado: bichas suadas, corpos escorregadios, ameaça de queda tropical.

Uma ilha resultante da acumulação de sedimentos é composta quase que inteiramente de biogênicos: restos de plantas e animais, provenientes dos ecossistemas dos recifes circundantes. Se os sedimentos acumulados são predominantemente constituídos de areia, a ilha é chamada de Cayo, com y. Os Cayos, com y, são conhecidos pela beleza de suas praias de águas cristalinas. Em Cuba, os Cayos mais cobiçados pelos turistas são: Cayo Largo do Sul, Cayo Guilhermo e Cayo Coco. Essas ilhas, que podem ter considerável extensão territorial, são rodeadas por pequenas ilhotas, os mini Cayos. Uma vez em Cayo Largo, por exemplo, é possível fazer curtos passeios para conhecer os mini: Cayo Rico, Cayo Rosário e Cayo Iguana. Os mini Cayos, Pajaro e Cantiles, são considerados verdadeiros paraísos da biodiversidade cubana. Porém, o crescimento na exploração do turismo de luxo nos Cayos cubanos vem comprometendo a preservação do meio ambiente local. Os Cayos, com i ou y, são redutos frágeis que necessitam de uma interação respeitosa, sem dominação. Para conhecer a minha fauna e a minha flora não é necessário gastar nenhum CUC. Por aqui, atendemos bem para sempre atender. E o regime também é de tudo incluído.

Seu rosto é uma casa que quero preservar. Agradeço as marcas que o tempo te trouxe. A caiação tem mais aderência em superfícies porosas e ásperas. Vem cá, rapaz, deixa eu te pintar.

Caiadura: caia dura.

Se a casa caiu, onde vou me esquecer de escrever o seu nome? Se não há mais paredes, onde vou pendurar os nossos retratos?

Dois chuveiros elétricos não podem ser ligados ao mesmo tempo. A insistência provoca a queda de uma fase de energia. Enquanto você toma banho, eu cubro o quarto de feitiço.

Cala a boca caiu pra trás.

Passei uns três meses tonto. O mundo não estava girando, mas o chão era mar. Até receber um diagnóstico, fiz todas as minhas atividades como se estivesse em um passeio de barco. A sensação do mareamento virou uma condição. A VPPB, vertigem posicional paroxística benigna, é um distúrbio comum da orelha interna que produz crises agudas, de início súbito e inesperado, de tontura rotatória recorrente e de curta duração. Essas crises são causadas por mudanças bruscas na posição da cabeça: movimentos que desalojam as partículas dos cristais de carbonato de cálcio que existem dentro do labirinto. Fora do lugar apropriado, essas partículas enviam ao cérebro informações desencontradas sobre a posição do corpo, afetando o equilíbrio e gerando os episódios de vertigem. Além dos remédios para aliviar os sintomas de náusea e enjoo, um especialista pode aplicar manobras físicas no paciente que induzem a reacomodação dos cristais. Conversando com Gunnar, entendi que esse distúrbio poderia ser uma forma de resposta a essa pesquisa. De tanto escrever sobre quedas, meu corpo quis estar em constante desequilíbrio, se provando, ele mesmo, como um campo de observação e análise para este estudo. Tomar banho era um dos piores momentos do meu dia. Nunca pensei que sofreria por cristais.

Não fui bem tratado com a VPPB e fiz o que as pessoas chamam de "peregrinação da tontura". Passei por diversos médicos, fiz tomografia de crânio e cervical, audiometria, VEMP, ecodopler de coração, ecodopler de carótidas e vertebrais, mapa de retina, ultrassonografia ocular, teste de esforço físico, hemograma completo duas vezes, exame de urina e outros. A lista é enorme. Descobri que existem médicos especializados em otoneurologia e foi, a partir disso, que comecei a entender o que se passava comigo. As manobras realizadas não reposicionaram direito os meus cristais e, de tanto conviver com a tontura, desenvolvi um quadro chamado TPPP - a tontura postural perceptual persistente ou vertigem fóbica. Essa condição, dita de maneira apressada, afeta a nossa percepção corporal e, mesmo parada, a pessoa se sente em movimento. Agora, encontro com a terapeuta uma vez por semana para as nossas sessões de reabilitação vestibular. Ela me passa uma série de exercícios que preciso repetir, todos os dias, em casa. Eu estou reaprendendo a me manter em equilíbrio através da reeducação da minha percepção. Todos os dias, preciso dizer para o meu cérebro que estou seguro. Era mais fácil usar um colar do que ter cristais no ouvido. Ter cristais requer disciplina.

O meu terceiro nome é Riscado. Junto do primeiro, ele forma o binômio: Caio Riscado. Percebam que não fui cortado, como, por exemplo, de uma lista e, depois, caí. A verdade dos fatos é: já caído, fui também riscado. Em outras palavras: existe um depois do chão que pode ser ainda mais perverso.

Ana Mendieta não caiu da janela. Tudo leva a crer que, após uma discussão, ela foi empurrada, do trigésimo quarto andar, por Carl Andre, seu marido. Ninguém viu. Mas muitas pessoas afirmam que a ouviram gritar "não", diversas vezes, antes do ocorrido. Com a justificativa de insuficiência de provas, a justiça americana absolveu Carl Andre, considerando a morte de Mendieta como suicídio. Os principais argumentos da defesa de Carl se basearam na presença do tema da morte no trabalho da artista. Os aspectos formais da sua obra, a pesquisa com materialidades do corpo e da natureza, foram utilizados para silenciar as suspeitas do crime de violência doméstica. Em contraponto a interpretação da justiça, críticas de arte observam que o trabalho de Mendieta não está ligado a um desejo de morte. Ao performar o corpo camuflado, enterrado ou impresso na paisagem, ela estaria operando pelo entendimento da vida como um contínuo, com episódios de aprimoramento, e sua obra poderia ser lida como um culto a capacidade de renovação. Mary Sabbatino e Guy Brett destacam que sua dissolução na paisagem estaria próxima de uma busca por identidade, participação no tecido social e pertencimento. A queda de Mendieta é um susto que não deve ser esquecido. Cair pelas mãos dos outros, a queda forçada, não é natural. É um crime.

Não sou primo da Aline Riscado. Nós não nos conhecemos.

Primeiro o pai. Depois a avó. Caios com k são parentes distantes do núcleo duro. Os natais acabaram. Não nos vemos mais.

Você morreu e os seus chinelos ficaram no pé da cama. Tropecei neles. A ameaça da queda me lembrou do susto de te perder. Demorou para que eu tomasse uma providência.

Mais velho, passei a escrever com letra de máquina. Quando escrevo o meu nome, vejo uma letra quase idêntica a sua. Para não me seduzir pelo romantismo dessa coincidência, procurei conferir sua escrita em cartões de aniversário. Você me escrevia como quem desenha formas geométricas. Na sua mão, o meu nome era construção.

Se procuro por meu nome no *Instagram*, ele sugere os seguintes usuários: Caio e Flávia; Caio Costa; Caio Prado; Caio Braz; Caio Monczack; Caio Casagrande; Caio Calafate; Caio Horowicz; Caio pra dentro; Caio Mascarello; Caio Castro; Caio Esgario; Caio Vinícius; Caio Fernando Favero Batista; Caio Blanco; Caio Revela; Caio Voto; Caio; Caio Blat; Caio Balaio; Studio_caio_reisewutz; Caio Alvi; Caio Cesar Loures; Caio Vargas; Caio Bigodi; Caio Roepke; Caio Scot; Caio Junger; Caio Mahnic; Caio Guimarães; Caio Barbosa; Caio Netto; Caio Vita; Caio Guerra; Caio Rosa; Caio Antero Pinheiro; Caio Mascarello; Caiovieira_; Caio Loki; Caio Zaccariotto Ferreira; Caio Cabral; Caio Oviedo; Caio Paiva; Caio Passos; Caio Marcolini; Caio Gullane; Caio Baú; Caio T; Caio Aza; Caio Lírio Ateliê Fotográfico; Caio Pacela; Caio Baez e Caio Humb. De todas as sugestões, um Caio não faz uso do sobrenome. Talvez, já esteja certo da queda. Cinco perfis possuem o ícone azul que marca pessoas famosas. Logo, são quedas públicas. Tirando os perfis comerciais, brinco de combinar sobrenomes e fantasiar a união das nossas armadilhas. Destaco as combinações: Revela Riscado; Balaio Riscado; Rosa Riscado e Baú Riscado. Sempre sonhei em ter uma filha chamada Alegria. Alegria Baú Riscado me parece um ótimo nome para uma acumuladora de fracassos.

Se eu me montasse, adotaria o nome La Caída Riscado para a minha drag. Cheia de irmãs, latiníssima, borracha, mariposérrima, totalmente drogada e em frangalhos.

Sempre que conversamos sobre esse trabalho, Gunnar acessa a imagem de um corpo em queda que muda diversas vezes de direção. Como se o corpo estivesse caindo de um barranco em um movimento frenético e irregular. Quando penso nessa imagem, imagino um corpo rolando, traçando uma queda espalhafatosa pelo espaço. Fui pesquisar sobre esse tipo de queda e descobri que ela pode ser chamada de trambolhão. Um trambolhão é o ato de cair aos trancos, uma ruína súbita, escandalosa.

Tenho inveja das pessoas altas. Suas quedas são maiores.

Não vou falar sobre a queda de Constantinopla, mas queria escrever Constantinopla porque é uma das minhas palavras prediletas. A queda de Constantinopla é um marco de extrema importância em termos históricos, assim como é, para mim, escrever as palavras que gosto. Rapidamente, resumo o ocorrido: distraído, um moço deixou o portão da muralha aberto e, pronto, a cidade foi tomada. A beleza da palavra Constantinopla é, de longe, muito mais impactante do que essa fofoca histórica. Experimentem dizer: Constantinopla. Quase tão bom quanto tumulto. Tumulto é minha palavra predileta.

Dizem que um raio não cai duas vezes no mesmo lugar. É mentira.

Nós temos um grupo de *Whatsapp* que se chama "Despedida Caio". Ele foi criado na ocasião da minha viagem para a Suíça. Já voltei, mas o grupo não foi desativado. Vira e mexe, em razão das pessoas que fazem parte dele, o grupo é acessado. Quando isso acontece, eu levo um susto. Imediatamente, penso que estou indo embora, dessa vez, sem aviso. É como se eu estivesse me despedindo, sem saber o motivo e nem para onde vou. Embora a sensação de estranhamento passe rápido, principalmente quando leio o conteúdo das mensagens, não consigo me acostumar. A imagem do grupo é uma foto 3x4 minha. Ele já foi usado para marcar mesa de buraco, bar, festa, peça de teatro e outros eventos. Alguns deles, inclusive, eu não pude estar.

156 Caiu uma lagriminha aqui.

A expressão "caindo aos pedaços" sinaliza que algo não vai bem. Uma construção que está caindo aos pedaços, por exemplo, é uma construção arruinada. Cair aos pedaços significa não cair por inteiro, ou seja, cair de maneira fragmentada. A queda aos pedaços é mais demorada. Admito a contradição: gostaria de ter essa chance. Ir perdendo as minhas partes, lentamente. Ir caindo, aproveitando a desaceleração da queda. Se isso fosse possível, eu deixaria os meus pedaços em Copacabana. Os pés numa esquina qualquer. De preferência, bastante movimentada. As pernas em um apartamento com piscina para me refrescar. O quadril, a bunda e o pau, essa parte blocada do meio, numa pista de dança. O tronco não sei onde deixaria. Talvez na areia, mas não gosto de tomar sol. Fica em aberto a queda do tronco. Os braços eu deixaria no mar para fazer onda em qualquer horário do dia. A cabeça seria preciso desmembrar. Deixaria minha boca sentada em um boteco para que não me faltasse cerveja, mesa cheia e risada. O nariz poderia cair numa feira com cheiro de folha fresca e pastel frito na hora. Meus ouvidos queria despencados pelo chão de algum teatro para que continuassem ouvindo histórias. Os olhos eu deixaria caídos dentro de um carro para ver as luzes do bairro em movimento. O cocuruto em uma pracinha, perto das crianças e dos cachorros, caído em carinho.

Depois de romper com Raul, dizem que Pedrinho não se aguentou, largou tudo e caiu na capoeira.

Tive um relacionamento que animou minhas amigas. Às vezes, elas diziam: “agora vai dar certo, você precisa agradecer, ele caiu do céu”. Terminamos.

Um programa caído é um programa furado.
Tipo você me convidando para olhar a lua.
Olha a lua. Eu prefiro olhar a sua cara. Cheia.

É o caso de pedir perdão a física. Apesar da queda livre, nosso movimento não é uniformemente acelerado. Eu choro primeiro.

Eu chorei porque você deixou o coelho cair
na hora mais importante.

“Assim que entra o sexo, caímos”, escreve Chris Kraus em seu livro *Eu amo Dick*. E continua: “o sexo faz qualquer troca no campo da imaginação entrar em curto-circuito”. Reflito sobre as palavras de Chris: é tanto contato que a queda aparece como única saída possível. Depois de conhecer o outro, é preciso cair dele. Só mesmo o distanciamento provisório, a observação quase voyeurista do parceiro, para acalmar uma nova pulsão de toque.

Caiongo é um adjetivo pouquíssimo utilizado e que eu desconhecia até aqui. Caiongo significa avelhantado, decadente, combalido. Já avelhantado é o que se desgastou com o tempo, foi deteriorado pelo uso e resulta obsoleto, antigo, fora de moda. Uma varandinha, eu sentado ao seu lado, um tanto velhaco, caiongo que só. Imagina, rapaz, imagina.

Especialistas afirmam: cresce o número de
pessoas que caem no golpe do amor.

Nas rodinhas de violão, cantar aos berros: "eu podia estar sofrendo, caído por aí / mas com você eu fico muito mais feliz / mais desperto".

Funcionários de telemarketing, frequentemente, me chamam de Caio Ricardo. Quando oportuno, me divirto ao encarnar o papel da personagem melodramática. "Eu estou farto de suas ligações, Jorge Heleno"!, diz Caio Ricardo, tomado por uma febre sem igual. No telefone, a distância entre os corações falantes é preenchida por ruídos, dificultando a comunicação. A rádio-novela termina quando sou obrigado a soletrar o meu sobrenome. "Jorge Heleno, é Riscado: r, i, s, c, a, d, o, Riscado. Isso, que nem quando você desiste de uma coisa porque descobriu algo melhor. Aí, joga fora, né? Riscado".

Assim como o nome que me deram, quero morrer saltitante e colorida, com a pele desenhada, para ver se no final eu entendo do riscado.

Geralmente, a expressão "do cu riscado" é utilizada para adjetivar pessoas agitadas, doidas, um pouco excêntricas e de difícil controle. Me identifico por completo.

"Caio quer trepar na rua" é o título de um poema de Pedro Cassel. Não conheço esse Caio, mas emprestaria meu corpo para dar vida a essa personagem.

Depois da leitura na Livraria da Travessa, em Botafogo, Rafael Zacca me lembrou que riscado também pode significar aquilo que foi aceso como, por exemplo, um fósforo. Desde que me disse isso não consigo parar de pensar na presença do fogo em meu nome. Caio Riscado, do cu riscado, do cu aceso, piscando. O cu foi um órgão fundamental para os meus estudos no processo de doutoramento. Lembro da personagem Senhora Simpson, de Copi, dizendo: "não é a língua, é o cu"! Sempre ele. Penso na beleza que é carregá-lo em meu nome através dessa ideia. Nesse sentido, dar o cu seria compartilhar um pouco da sua luz, dividir seu fogo através do atrito entre os corpos, fazer calor. Quem dá o cu risca a linguagem, inflama suas contradições, bota fogo no parquinho.

Não esquecer dos minutos que passamos juntas, caídas naquele meio-fio, entre gargalhadas e respingos de bebida. Não esquecer da imagem que enquadra a todas nós, deitadas, no meio da passeata, exigindo calma. Não esquecer dos saltos e braçadas que demos nas águas. Não esquecer do exato momento em que cruzamos nossos olhos e soubemos não nossos nomes, mas nossas vontades. Não esquecer do copo rachado que, por isso, virou predileto. Não esquecer da queda da maçaneta, sinal de que alguém se trancou no quarto, batendo a porta. Não esquecer do latido dos cães e do vão entre os balanços onde acordamos sujar o piso, ferozes. Não esquecer dos tombos nas pistas de dança. Não esquecer dos desenhos e de como se pendurava em meus ombros para me ouvir dizer "nós vamos cair". Não esquecer de avisar que cheguei em casa, que estou viva e que pretendo acordar amanhã. Não esquecer das vezes em que dissemos sim para nossos corpos quebrados. Não esquecer de quando amamos e somos desobedientes. Não esquecer que a delicadeza pode ser um mecanismo de enfrentamento. Sempre.

Poderão dizer sem medo: esse caiu em tentação.

Ou então: Caio caiu na rede e não é peixe.
É sereia.

Para Eleonora Fabião, "uma performance é um disparador de performances". Uma ação que dispara outra ação. Aqui, a palavra também é ação. Um nome que é nome e também é verbo. Uma "palavração". Eu estava apresentando essa palestra-performance numa aula da graduação do curso de Direção Teatral da UFRJ, quando um aluno atrasado entrou na sala. A turma inteira gargalhou e eu demorei para entender o porquê. Fato é que o aluno se chama Pedro e entrou na sala no exato momento em que eu pronunciava o seu nome, pois lia o fragmento em que outro Pedro perdeu suas chaves. Na UNIRIO, também na graduação, só que do curso de Atuação, a turma estava em silêncio quando, de repente, uma aluna literalmente tombou no chão com mesa e tudo. Caíram a aluna, a carteira e seus materiais: mochila, caderno, estojo e casaco - tudo no chão. Já na apresentação online, no Simpósio da ANPOLL, a minha internet caiu justamente quando eu falava das quedas de conexão. Perdi meu quadradinho e, por minutos, desapareci do evento. As apresentações da pesquisa disparam acontecimentos para dentro da performance. São, ao mesmo tempo, ruína e (re)construção. Como Alice, que cai para dentro do espelho, o trabalho reflete aquilo que agita. Eu estou a falar sobre as quedas, elas acontecem.

Ninguém sabe. Mas no caminho para a apresentação na Livraria da Travessa, de Botafogo, eu levei um tombo na escada do metrô. Minha garrafinha de água pulou da mochila e caiu no chão. O impacto entortou sua composição metálica. Nas apresentações, a garrafa fica torta em cima da mesa.

Uma aluna acreditava que se tornaria adulta quando caísse e não chorasse.

Na serra, no Sítio do Cavalo Baio, Maíra caiu em prantos. Nossas ilhas são vizinhas.

Agora as pessoas caem e me enviam fotos dos seus roxos como se eu pudesse dizer alguma coisa além de: “ai, que horror”!, “caramba, se cuida”!, “pomada de arnica é ótima”.

Nas suas *Crônicas da travessia*, Preciado fala sobre as crianças da bala. As crianças que foram atingidas no peito pelo franco-atirador da homossexualidade e transexualidade. Diz do medo dessas crianças ao perceberem seu ferimento, sentirem a ardência provocada pela presença da bala no coração. "Para quem tem coragem de olhar a ferida de frente, a bala se transforma numa chave que abre uma porta para mundos nunca antes vistos. Caem todos os véus, a matriz se desfaz". Mas a queda dos véus não implica em uma travessia tranquila, pois a certeza de que carregamos a bala não nos abandona nunca. Na infância, essa certeza pode ser ainda mais perversa e solitária. Não é raro que as crianças da bala desejem desaparecer. Nós precisamos olhar para essas crianças, para as crianças que fomos e também para as que estamos vendo crescer. Olhar para elas, olho no olho, e dizer com Preciado: crianças da bala, nós "estamos esperando vocês, nós, os caídos, os amantes do peito perfurado. Vocês não estão sós".

Mais uma vez: olho no olho. Crianças da bala: não permitiremos que vocês caiam na boca do povo.

"Endireita o corpo, o pai gritava do portão, mas eu não endireitava, descia o morro e voltava machucado, cheio de arranhões, amaldiçoando aquele homem quando olhava para mim e dizia que cair ensina. Eu odiava aquela sabedoria das quedas", escreve Leonardo Piana em *Sismógrafo*. Eu também odiava. Não as quedas, mas o que diziam delas.

De acordo com o Google, "o tombamento é um conjunto de ações realizadas pelo poder público com o objetivo de preservar, por meio da aplicação de legislação específica, bens de valor histórico, cultural, arquitetônico, ambiental e também de valor afetivo para a população, impedindo que venham a ser destruídos ou descaracterizados". Não é engraçado que os bens tombados sejam justamente aqueles que são cuidados para que sejam mantidos em bom estado e de pé? Veja, as suas quedas não precisam ser históricas para ter valor. Cair nos dias que passam é como cavar buracos na agenda dos dias. Não vá viver em linha reta, rapaz.

Um palpite a qualquer hora: quando cairemos em desuso?

Artistas independentes, quando conseguem um trabalho remunerado, não escapam da seguinte pergunta: "quando o dinheiro cai na conta"? Se a queda do capital transmite a ideia de falência, para as artistas ela funciona como uma espécie de esperança. Somente quando cai o dinheiro é que o chão fica macio.

Esse ano dirigi dois clipes e uma websérie somente para comprar joelheiras. O dinheiro que restou deixei cair nas mãos do terapeuta corporal.

Me lembro agora de um detalhe. Me lembro de quando fui Camila. Me lembro da queda em desaceleração, das mãos que me seguravam e, ao mesmo tempo, me deixavam cair. Naquele domingo, na apresentação da *MÃO* no MAR, fui Camila. Fui através-Camila-caindo. Uma negociação entre materiais duros e moles. As mãos construindo a estrutura, deixando ver o que só revelamos em segredo: nossa sina de operárias da cena.

Acontece que fui também Marília, personagem de um dos contos de *Amora*, livro da Natalia Borges Polesso. Fui velha, um pouco esquecida e, mesmo na calmaria do amor que dura, não tive silêncio nas mãos. Sempre foi da minha natureza acordar as coisas, não deixar que elas caiam em um sono profundo.

Tenho os olhos caídos e não me canso.

Vocês podem usar tênis com amortecedores, capacetes, proteções de todos os tipos, andar sobre rodas ou voar. Não adianta. O chão não se engana.

Quando em dia de temporal, você diz: "não vem, está caindo o mundo lá fora". E eu penso em Maysa, no oco da sua fossa. "não sei se me explico bem / eu nada pedi / nem a você nem a ninguém / não fui eu que caí".

Esse texto foi escrito para ser lido em salas de aula e livrarias. Se vocês estão lendo ou ouvindo esse texto fora desses espaços, alguma coisa aconteceu. As salas de aula e as livrarias são espaços para quedas coletivas. No livro *Ensinando a transgredir: a educação como prática de liberdade*, bel hooks diz que "a sala de aula continua sendo o espaço que oferece as possibilidades mais radicais na academia". Se vocês não se sentem à vontade para tombar nesses espaços, nas salas de aula e nas livrarias, alguma coisa está acontecendo.

Movimentos que não me dão descanso: cair na gargalhada; cair em desespero; ficar de queixo caído.

Queixo no peito. Abraça o joelho. Cai o joelho pra direita. Passa pelo meio. Cai o joelho pra esquerda. Aproveita a torção. É tudo muito muito muito muito muito delicado.

Em um poema do livro *A Universidade Desconhecida*, Bolaño escreveu: “a sabedoria consiste em manter os olhos abertos / durante a queda”.

O chão é uma possibilidade: na queda, todo mundo é elegante.

Cinderela deixou os sapatinhos caírem para fugir mais rápido do conto. Tenho certeza.

 A queda é como um ano bom, cheio de surpresas.

Nós estávamos no bar e você me pediu para que eu falasse sobre esse projeto. Eu não queria. Você insistiu e a minha primeira reação foi lhe dizer que o meu trabalho é fazer coisas. Eu estou empenhado em criar um caderno de versões, pensando a tradução como tarefa impossível e, portanto, necessária. Enquanto ação interminável, a tradução me desespera. Na impossibilidade de traduzir de maneira insuspeita as minhas falhas, encontro brechas que revelam o que se manteve oculto, inclusive de mim. Mas não se trata de um processo de autoconhecimento. Os meus esforços estão direcionados para a estranheza: para desconhecer meu nome, meu corpo, meus passos. Para tentar, mesmo que por um breve momento, fugir de mim.

Lá pelas tantas, eu já estava bêbado, mas me lembro de dizer: "o que estou fazendo é uma coleção. Uma tentativa de criação em série para o meu complexo de frustração". Questionar os nomes e renomear as coisas, foram os modos que encontrei para lidar com a quebra de expectativas. Uma coleção tristíssima, dramática e efeminada. Uma coleção que poderia ter sua apresentação curatorial cantada por La Lupe: puro teatro, falsidade bem ensaiada, simulacro estudado. Vocês conseguem ouvir esse texto cantado por La Lupe? "yo confiaba ciegamente / en la fiebre de tus besos / mentiste serenamente / y el telón cayo por eso / teatro, / lo tuyo es puro teatro / falsedad bien ensayada / estudiado simulacro (...) perdona que no te crea / me parece que es teatro / perdona que no te crea / lo tuyo es puro teatro".

A ética que orienta essa coleção está embasada pelo estudo das composições entre relações. Roçar o nome em outros nomes para, a partir da fricção e do constrangimento, imaginar outras imaginações. Embora me veja de pé todos os dias, eu caio. Eu sei.

Torço para que esse texto se aproxime das reflexões de Diana Klinger quando sugere que a autoficção pode proporcionar a leitora uma visualização "ao vivo" do processo de escrita. Distanciada da representação essencialista, moderna e totalizante, a escrita ou ficção de si estaria mais interessada na exposição de quem escreve como aquele ou aquela que se manifesta, justamente, a partir da impossibilidade de se saber inteiro(a). E, por isso, se elabora como uma construção em devir; como a força movente de um relato que não para de se transformar na medida em que é narrado. Nesse sentido, o "eu" é trampolim, plataforma oscilante para saltos inacabados. Cada vez que esse "eu" salta e seu texto-corpo encontra o chão, ele se faz de modo diferente. Ele, o corpo, mas também o chão. Repetindo: o corpo, o texto-corpo, o corpo do texto e o chão. O salto do "eu" projeta um desenho inacabado da queda porque, a partir do momento em que nos sabemos caindo, já não somos as mesmas. E, depois de espatifadas, já somos outras.

Com a boca cheia de verbo e jujuba, sigo fotografando azuis e pesquisando os contornos de um nome. São essas as minhas tarefas.

As palavras “queda” e “caio” aparecem mais de cem vezes nesse texto. Nunca pensei que escreveria as mesmas palavras, mais de cem vezes cada, em um mesmo texto. Muito menos que, em um curto espaço de tempo, teria a oportunidade de ler essas palavras em voz alta. Quem escreve para falar insere no espaço-tempo uma espécie de promessa da conversa. Enquanto estivermos juntas, lendo, falando e ouvindo essas palavras, jamais estaremos sozinhas. A repetição da ação é também uma tomada de postura contra o abandono. Eu só estou aqui porque vocês também estão.

Caio significa "alegre", "feliz", "contente".

Não tenho o menor problema com Caios. Até tenho amigos que são.

Caio significa “alegre”, “feliz”, “contente”. Proponho: sentar em um banco de praça e repetir as palavras “alegre”, “feliz” e “contente” até chorar.

210 Não enxugar as lágrimas.

E deixar que a sua própria ilha tome forma:
Cayo Paraíso.

E deixar que o corpo produza o sal como uma viagem em direção ao mar. As lágrimas são ondas inventadas pelos marinheiros do rosto. Chorar não é uma bobagem, é um trabalho.

Ou, ainda, como escreve a poeta Adelaide Ivánova: “chorar é uma forma de descanso”.

Segundo Maya Angelou, "todos os enigmas são azuis / e todos os azuis são tristes". Eu choro para habitar o indecifrável, para descansar perto dessa enigmática onda azul.

Não enxugar as lágrimas. Fazer água. Fazer azul. Fazer agir outros horizontes.

Outros horizontes ou, cito Ferreira Gullar, “um bicho que o universo fabrica e vem sonhando desde as entranhas / azul/ era o gato / azul / era o galo / azul / o cavalo / azul / teu cu”.

Fazer agir outros horizontes.

Chorar no chão do futuro.

As pessoas também perguntam: é certo falar "eu caio"? E o Google responde que sim. Explica e exemplifica: Caio está na primeira pessoa do singular do presente do indicativo. Exemplo: quando a coisa complica, eu caio fora.

Cair fora é um modo de armar saída. Me despeço de vocês como me despediria de Pedro Lemebel. Adiós, maricas lindas.

Referências Bibliográficas

ABREU, Caio Fernando. Morangos mofados. São Paulo: Editora Brasiliense S.A., 1985.

_____________________. Caio Fernando Abreu: o essencial da década de 1970. Rio de Janeiro: Nova Fronteira, 2014.

ALCURE, Adriana Schneider. Rir de si: comicidade, política e a noção de "brincadeira". Revista Moringa Artes do Espetáculo, João Pessoa, UFPB, v. 10, n. 2, jun-dez/2019, p. 151 a 172.

ANDRADE, Carlos Drummond de. Amar se aprende amando. 21a. Edição. Rio de Janeiro: Record, 1998.

ANGELOU, Maya. Poesia Completa. São Paulo: Astral Cultural, 2020.

ARAP, Fauzi. Pano de Boca. São Paulo: SESI-SP Editora, 2015.

BARTHES, Roland. O prazer do texto. São Paulo: Perspectiva, 2015.

BATAILLE, George. O Ânus Solar. Trad. Aníbal Fernandes. Lisboa: Hiena Editora. 1985.

BOLAÑO, Roberto. A Universidade Desconhecida. São Paulo: Cia das Letras, 2021.

BOURGEOIS, Louise. Louise Bourgeois: Destruição do pai, reconstrução do pai. São Paulo: Cosac Naify, 2001.

BRETT, Guy. Única Energia. In: Caderno Videobrasil. Associação Cultural Videobrasil, nº 1, São Paulo, 2005.

BUTLER, Judith. Quadros de guerra: quando a vida é passível de luto? Rio de Janeiro: Civilização Brasileira, 2015.

______________. Relatar a si mesmo: crítica da violência ética. Belo Horizonte: Autêntica Editora, 2015. – (Filô).

CABRAL, Bárbara. Urbanismos do chão: programa, per-

formance e cidade. Rio de Janeiro: edição da autora, 2022.
CANAVARRO, Lucas. Mudança Móvel. Rio de Janeiro: edição do autor, 2020.
CANCLINI, Néstor García. O mundo inteiro como lugar estranho. São Paulo: Editora da Universidade de São Paulo, 2020.
CASSEL, Pedro. Kiwi. Rio de Janeiro: Garupa, 2021.
CESAR, Marisa Flórido. Nós, o outro, o distante na arte contemporânea brasileira. Rio de Janeiro: Editora Circuito, 2014.
CHRISTIE, Agatha. Cai o pano: o último caso de Poirot. Porto Alegre: L&PM, Edição de bolso, 2015.
COHEN, Renato. Work In Progress Na Cena Contemporânea. São Paulo, Perspectiva: 2006.
______________. Performance como Linguagem. São Paulo, Perspectiva, 2009.
CORTÁZAR, Julio. A volta ao dia em 80 mundos - tomo I. Rio de Janeiro: Civilização Brasileira, 2008.
FABIÃO, Eleonora. Performance e Teatro: Poéticas e Políticas da Cena Contemporânea. In: Revista Sala Preta #8. São Paulo: Revista do PPG em Artes Cênicas - ECA - USP, 2009.
________________. Programa performativo: o corpo-em-experiência. In: Revista do LUME #4. Campinas: Revista do Núcleo Interdisciplinar de Pesquisa Teatrais da UNICAMP, 2013.
FARIA, Daniel. Poesia. Porto: Assírio & Alvim, 2012.
FÉRAL, Josette. Por uma poética da performatividade: o teatro performativo. In: Revista Sala Preta #8. São Paulo: Revista do PPG em Artes Cênicas - ECA -USP, 2008.
_____________. Além dos limites: teoria e prática do

teatro. São Paulo: Perspectiva, 2015.
FERRACINI, Renato. Ensaios de atuação. São Paulo: Perspectiva/Fapesp, 2013.
FERNANDES, Silvia. Teatralidades Contemporâneas. São Paulo: Perspectiva: Fapesp, 2010
FONTELA, Orides. Poesia Completa. São Paulo: Hedra, 2015.
GARRAMUÑO, Florencia. Frutos Estranhos: sobre a inespecificidade na estética contemporânea. Rio de Janeiro: Rocco, 2014.
GLUSBERG, Jorge. A arte da performance. São Paulo: Editora Perspectiva, 2009.
GOLDBERG, Roselee. A arte da performance - Do Futurismo ao Presente. São Paulo: Martins Fontes, 2006.
GULLAR, Ferreira. Poema Sujo. São Paulo: Companhia das Letras, 2016.
GURGEL, Gabriela Lírio. A procura da palavra no escuro: uma análise da criação de uma linguagem na obra de Clarice Lispector. Rio de Janeiro: 7Letras, 2001.
HALBERSTAM, Jack. A arte queer do fracasso. Recife: Cepe, 2020.
HOOKS, bel. Ensinando a transgredir. A educação como prática de liberdade. São Paulo: Editora WMF Martins Fontes, 2017.
IORIO, Maria Isabel. Aos outros só atiro o meu corpo. Bragança Paulista: editora urutau, 2019.
IVÁNOVA. Adelaide. Polaroides e negativos de outras imagens. Juiz de Fora: Edições Macondo, 2019.
KLINGER, Diana. Literatura e ética: da forma para a força. Rio de Janeiro: Rocco, 2014.

_______________. Escritas de si, escritas do outro: o

retorno do autor e a virada etnográfica. Rio de Janeiro: 7Letras, 2012.
KRAUS, Chris. Eu amo Dick. São Paulo: Todavia, 2019.
KRENAK, Ailton. Ideias para adiar o fim do mundo. São Paulo: Companhia das Letras, 2019.
LEHMAN, Hans-Thiers. Teatro Pós-Dramático. São Paulo, Cosac Naify, 2007.
LEMEBEL, Pedro. MANIFESTO (Falo pela minha diferença). In: Revista Rosa, Jun 7, 2014.
LEPECKI, André. Planos de composição. In: GREINER, Christine; SANTO, Cristina Espírito; SOBRAL, Sonia (orgs). Cartografia Rumos Itaú Cultural Dança: criações e conexões. São Paulo: Itaú Cultural, 2010.
_______________. Exaurir a dança: performance e a política do movimento. São Paulo: Annablume, 2017.
LORDE, Audre. Irmã outsider: ensaios e conferências. Belo Horizonte: Autêntica Editora, 2019.
MACHADO, Carmen Maria. Na casa dos sonhos. São Paulo: Companhia das Letras, 2021.
MAJIA, Jidi. Palavras de fogo. Porto Alegre: Dublinense, 2020.
MALLMANN, Francisco. haverá festa com o que restar. Bragança Paulista: editora urutau, 2018.
MARQUES, Ana Martins. A vida submarina. São Paulo: Companhia das Letras, 2021.
MARTINS, Leda Maria. Performances do tempo espiralar: poéticas do corpo-tela. Rio de Janeiro: Cobogó, 2021.
PATROCÍNIO, Stela do. Reino dos bichos e dos animais é o meu nome. Rio de Janeiro: Azougue Editorial, 2001.
PAVLOVSKY, Eduardo. Vermelhos balões Vermelhos. In: CLEINMAN, Beth (org.). O Teatro de Eduardo Pavlovsky.

Rio de Janeiro: Solar das Metamorfoses, 2008.

PIANA, Leonardo. Sismógrafo. Juiz de Fora: Edições Macondo, 2022.

POLESSO, Natalia Borges. Amora. Porto Alegre: Não Editora, 2015.

PRECIADO, Paul B. Um apartamento em Urano: crônicas da travessia. Rio de Janeiro: Zahar, 2020.

QUILICI, Cassiano Sydow. O ator-performer e as poéticas da transformação de si. São Paulo: Annablume, 2015.

RISCADO, Caio. Eu não voltava pra lá mas é nunca: escrita como prática de vida em Cine Studio 33, de Estela Rosa. Revista Crioula, (29), p. 140-159. São Paulo: Revista de Pós-Graduação da USP, 2022.

______________. Frutos e dedos de comer: um cruzo com a poesia de Floresta. Revista Terceira Margem, v.26, n.48, p.75-93. Rio de Janeiro: Revista do Programa de Pós-Graduação em Ciência da Literatura da UFRJ, 2022.

______________. Vulgar sem ser sexy: corpo, trabalho e cena na poesia de Mila Teixeira. Urdimento - Revista De Estudos Em Artes Cênicas, v. 1, n.43, p. 1-20. Florianópolis: Revista da Pós-Graduação em Artes Cênicas da UDESC, 2022.

______________. Caio: cair até inventar onda. Revista LOGOS 57, v.28, n.2, p.313-322. Rio de Janeiro: Revista do PPGCOM da UERJ, 2022.

______________. Vocação para o chão: inespecificidade e queda na poesia de Maria Isabel Iorio. Revista Garrafa, v.18, n.53. Rio de Janeiro: Revista do Programa de Pós-Graduação em Ciência da Literatura (PPGCL), da Faculdade de Letras da UFRJ, 2020.

______________. Festa da raspa: conversas com a poesia

bixa de Francisco Mallmann. Revista Crioula, n. 24, p. 38-48. São Paulo: Revista de Pós-Graduação da USP, 2019.
______________. Uma carta para Mão. Revista Questão de Crítica, v. XI, p. 9-14, 2019.
ROCHA, Thereza. O que é dança contemporânea?: uma aprendizagem e um livro de prazeres. Salvador: Conexões Criativas, 2016.
ROMÃO, Caetano. Um nome inteiro disposto à montaria. Rio de Janeiro: 7Letras, 2021.
ROSA, Estela. Um rojão atado à memória. Rio de Janeiro: 7Letras, 2019.
SABBATINO, Mary. Ana Mendieta: série Siluetas: orígenes e influencias. In: RUÍDO, Maria. Ana Mendieta, Arte Hoy. Editorial Nerea, 2016.
SHOCK, Suzy. Poemario Transpirado. Buenos Aires: Nuevos Tiempos, 2011.
SMITH, Danez. Não digam que estamos mortos. Rio de Janeiro: Bazar do Tempo, 2020.
TEIXEIRA, Mila. A proclamação da vulgaridade ou quantos furos uma calcinha pode ter? Bragança Paulista: editora urutau, 2021.
VUONG, Ocean. Sobre a terra somos belos por um instante. Rio de Janeiro: Rocco, 2020.

Posfácil

Caio Riscado é um artista em trânsito – entre teatro, literatura, performance, audiovisual, artes visuais. É também Professor Colaborador Voluntário do Programa de Pós-Graduação em Artes da Cena e Pós-doutorando do mesmo Programa, cuja pesquisa tenho a alegria de supervisionar. No entre-lugar de uma cena ampliada, tem a capacidade de aliar a crítica precisa e rigorosa a sua imensa sensibilidade artística, em uma conjunção que valoriza palavra e imagem em formas híbridas e abertas a (re)criações. Nas suas produções artístico-acadêmicas, vemos a construção de um pensamento original, a partir do estudo aprofundado de fontes bibliográficas, visuais, audiovisuais, teatrais, literárias, o que se revela em uma contribuição pertinente ao tempo presente e à mirada a experiências anteriores que formaram sua geração.

A investigação do nome próprio não é apenas – como à primeira vista se pode imaginar – um retorno ao sentido da origem das coisas, que parte do próprio sujeito em sua vivência ao lidar com o mundo que o cerca. O nome próprio tem algo de fundante na partilha do eu em busca da reescritura do mundo. Ao se recriar, ao se perguntar sobre si, ao se renomear, há o movimento de descoberta do que não pode ser apreendido pelo artista, do que é da ordem do inominável e que, por isso, continuamos a ensaiar repetidamente, como uma cena na sequência da outra, como ondas que se formam e estouram na areia da praia, e se formam de novo, em um fluxo a perder de vista.

Cair até inventar onda, gestado ao longo da pesquisa de pós-doutorado de Caio Riscado, é um livro aberto ao infinito, sem ponto final, reverbera na existência do artista, em seus mundos re-criados, co-criados, enquanto estiver vivo. Mesmo após sua partida, acredito que reverbere em muitos outros Caios e, sobretudo, naqueles que, apesar de terem outros nomes, se questionam sem medo sobre a experiência da queda e seu rastro. A imagem da onda quebrando na areia e seu rastro de espuma, seguido por outra onda que chega, é sequência de fotogramas da vida, cujo movimento ininterrupto procuramos dar sentido porque não se repete, ainda que sobrevenha em torvelinhos espiralados no mar. É assim que Caio inventa onda, "na vertigem da movimentação imposta, do trânsito que não finda, entre o que está em cima e embaixo, se arrastando pelas bordas da linguagem, do que não cessa de nascer e morrer".

Nascer e morrer como ato performativo, ato do corpo que "nomeia aquilo que inventa e inventa aquilo que nomeia", não separando o que é da ordem da ficcionalidade da ordem da inscrição do real. Quando se perde o próprio nome ou o nome que lhe é próprio, talvez se perca um mundo. Há o risco de perder-se – e de cair sucessivamente – o que não impediu Caio de seguir em sua pesquisa antroponímica-poética. Para isso, há método: na catalogação do nome e suas variantes, em seus sentidos linguísticos, histórico-geográficos, literários, documentais. Em seu acervo de expressões, narrativas de si e dos outros, referências teóricas e artísticas, "ser é também agir". Seu nome é verbo, adjetivo, substantivo e pronome. Todos ao mesmo tempo como se fosse possível congelar a onda para vislumbrá-la no ápice do movimento. Ar-Riscado. Se separo assim é que o próprio Caio fala de seu sobrenome. Além de cair, risca. Risca o chão e o ar e se arrisca, inscrevendo-se em queda livre, sem paraquedas, "em constante estado de refazimento e inscrição" porque "cair e quebrar não são estados terminais". Cair é ato que perdura porque há o arquivo das coisas ou do corpo-coisa, como aponta o artista. O arquivo é seu mundo inventado em fragmentos que podem ser deslocados no espaço-tempo da criação. Este livro pode ser aberto ao acaso na procura do fragmento-redentor, talvez aquele que nos diga – tudo bem, cair faz parte –, ou ainda, o fragmento-revelação, que nos faz refletir sobre o sentido de se estar presente na impermanência das coisas. "A queda como uma sublime forma de imaginação".

Caio traz também em seu nome-corpo a queda como uma vertigem. Ao girar, tontear em meio a tantos sentidos, fabula um outro possível. Ficção em ato que desliza como a palavra encontrada e perdida. "Cair é uma forma de ação: escavar passagens para anunciar caminhos de dentro da escuridão". O artista tem a bússola cravada no corpo, se a queda é imperativa, levantar-se e iluminar outras paragens é exercício de sobre-vida. Escrever é escavar no tempo. Escava como um menino que procura o início da onda no buraco da areia. Sua literatura me atravessa e, no desafio de escrever este posfácio, brinco também de seguir a onda dele. Vou na onda. Salto do alto do azul como Klein, sou silenciosa como a flor de Fontela, solto rojão como Rosa e sou eu mesma citada no estudo da Clarice que também me ensinou que, no trânsito das palavras, o it é o mais importante, seu avesso, o que não pode ser nomeado. É dele que nascem as palavras. Volto à infância das coisas e fico de "cara no chão" com Caio, com seu talento para transformar cimento, aridez, pedra e dores da queda do corpo no chão em matéria poética. "A queda confirma o chão". Este livro não é um livro de poesia, também não é prosa, nem conto, nem romance autoficcional. Este livro não é. E por não ter a pretensão de ser enquadrado em nada, sua forma é tradutora fiel do que ele afirma: o que interessa é a não classificação, o não aprisionamento, a liberdade de reinvenção de si e das coisas. À queda, dá-se a palavra; à onda, dá-se o mergulho.

"Dar um mergulho, então, no lago azul de Leonilson, inventar onda e cuidar do nosso desejo". No trabalho de memória, Caio nada com Leonilson, para quem "o desejo é um lago azul", cor presente em objetos, papéis, boné das palestras-performances realizadas a partir da leitura deste livro. O azul não é apenas a cor do mar e do céu, é cor encarnada na proposta do artista, é um chamado ou chamamento quando "o passado pesa". Se a "atividade do passado é não deixar o presente em pé", Caio transforma em palavra a ação de rememorar, como um trabalho artesanal de um filme na moviola. Na montagem, encadeia sensações, desalentos, imagens, narrativas de uma vida. E nos mostra que, ao narrar, perdemos. Caímos. Deixamos muita coisa de lado, muito por se dito. Dizer é fazer, mas é também uma forma de esquecimento.

No cotidiano poético das quedas, Caio reflete sobre o chão – amálgama do vivido – aquele que o abraça, que leva a graça do palhaço em suas quedas repetitivas, ensaio de reconhecimento ao transformar a tragédia em riso – "cair na palhaçada é uma queda de mãos dadas". Ao nos dar a mão, entrega expressões hilárias, insólitas – "cair na merda", "cair o cu da bunda". No "país das pessoas caídas", cria um manifesto político na defesa da "horizontalidade azul – um mar de colchões". Quando "cai o pano", como ao refletir sobre a obra de Fauzi Arap na ditadura militar, é preciso escamotear a linguagem, revelar outras faces, outros sentidos implícitos no movimento da queda. Mas "veja suas quedas não precisam ser históricas para ter valor", nos ensina Caio quando propõe "cavar buracos na agenda dos dias".

Romper com a linearidade de fatos, escavar sentidos (vários) em gesto, proposição; dançar na incongruência dos dias; performar a inutilidade das coisas; pintar novas bandeiras ou sustentar as antigas na redescoberta do que (ainda) não se é. O manifesto de Caio é amoroso, convoca a delicadeza e o desejo de "acordar as coisas, não deixar que elas caiam em sono profundo". Por isso, uma das fotografias desse livro traz a imagem de mãos (des)dobradas, mãos que giram, se retorcem, se amplificam no movimento da busca pelo ato de renomear – ato político, insidioso, erótico, libertário – transgressor de tudo o que aprisiona e rotula. Caio não "cai em tentação" de transformar este livro em uma mensagem no fundo da garrafa lançada ao mar. O que ele quer é "criar uma coleção" "tristíssima, dramática e efeminada". De imaginação em imaginação, interessa reinventar não apenas seu nome ou a queda iminente, não apenas a travessia e seus encontros e desencontros, não somente as narrativas, histórias e desvios, mas a possibilidade de falar da própria criação, da vida que se confunde com o gesto da escrita, da palavra travestida naquilo que ela não é, no que desliza como memória poética repetida em conversa sem fim, nem começo. Uma conversa sincera com o leitor. Uma conversa em voz alta.

Quem lê esse livro talvez tenha tido ou ainda terá a felicidade de algum dia assistir à performance de Caio e sua singular capacidade de nos embalar com os fragmentos que, como o barulho das ondas no mar, nos levam ao horizonte e nos jogam na areia. A musicalidade da palestra-performance, apresentada em livrarias e universidades, é sustentada por páginas escolhidas, dispostas uma a uma sobre a mesa; algumas "ondas puladas", não lidas. Páginas azuis que ele lança em movimento contínuo e ritmado. Atentos às imagens que se presentificam ao atravessar a narração; imagens dentre detalhes, como a garrafa e o boné também azuis, a organização dos objetos, as fotografias distribuídas para o público. Somos atravessados por uma vida em biografemas, fragmentos de histórias como enigmas.

Na onda de Maya Angelou, para quem "todos os enigmas são azuis e todos os azuis são tristes", Caio confessa que chora "para habitar o indecifrável, para descansar perto dessa enigmática onda azul". "Chorar no chão do futuro" junto com Caio é ato de lucidez, imperativo do desterro de saber que não se sabe, entendimento de que a repetição imprevista figura como tragédia anunciada e que, ainda assim, no vislumbre do abismo, é sempre possível "cair fora" e, frente ao indizível, inventar onda. Este livro é um chamado à vida, manifesto amoroso à linguagem na recriação de nomes, próprios ou não; fatos, reais ou inventados; ideias, de gente em coisa e de coisa em gente; sensações, de quem sente, imagina, lembra e esquece. Caio Riscado, na sua onda azul, escreve para tudo que pulsa e que existe no ato de reinvenção de si e do mundo.

Que a onda de Caio se transfigure em um oceano inteiro.

Gabriela Lírio

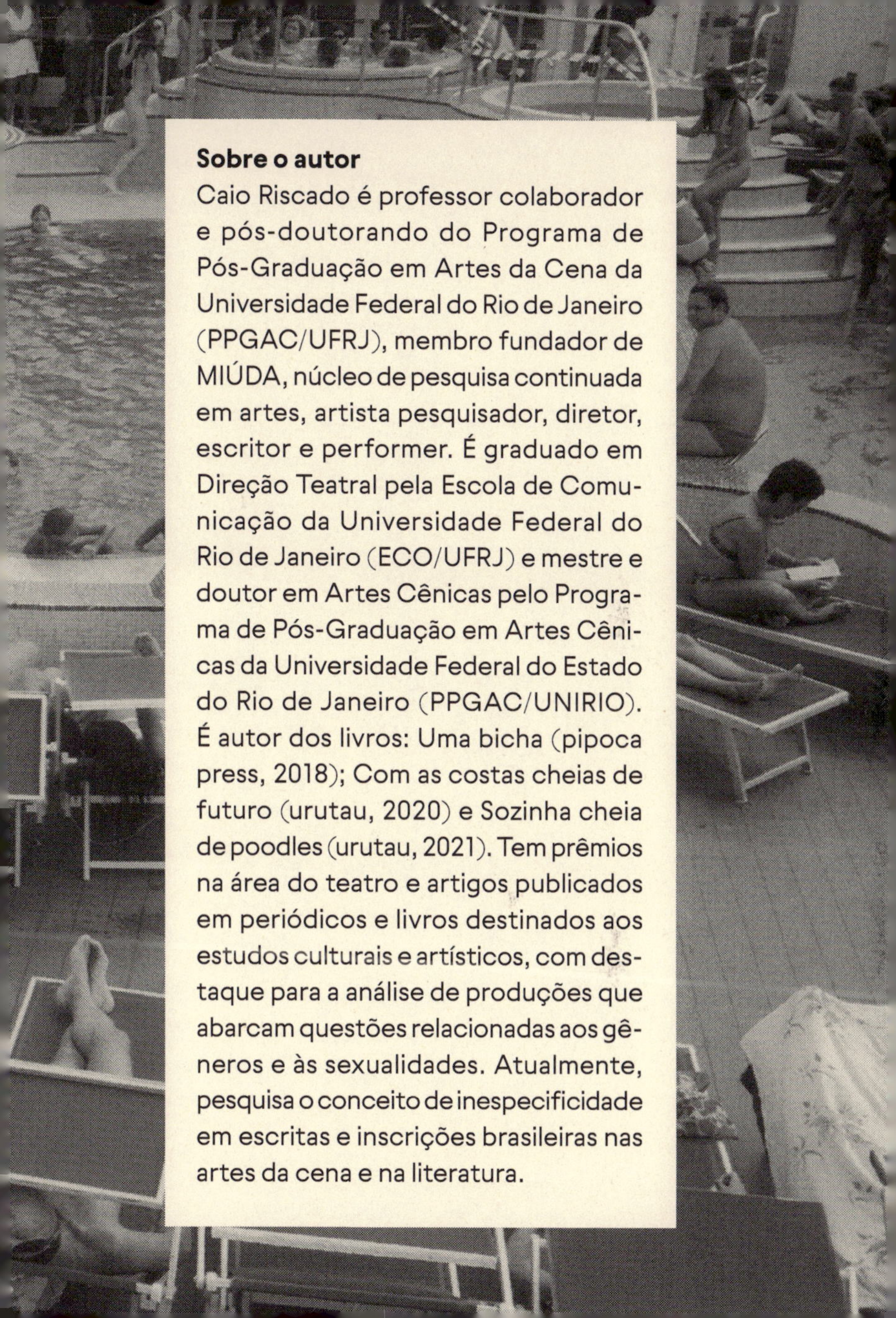

Sobre o autor

Caio Riscado é professor colaborador e pós-doutorando do Programa de Pós-Graduação em Artes da Cena da Universidade Federal do Rio de Janeiro (PPGAC/UFRJ), membro fundador de MIÚDA, núcleo de pesquisa continuada em artes, artista pesquisador, diretor, escritor e performer. É graduado em Direção Teatral pela Escola de Comunicação da Universidade Federal do Rio de Janeiro (ECO/UFRJ) e mestre e doutor em Artes Cênicas pelo Programa de Pós-Graduação em Artes Cênicas da Universidade Federal do Estado do Rio de Janeiro (PPGAC/UNIRIO). É autor dos livros: Uma bicha (pipoca press, 2018); Com as costas cheias de futuro (urutau, 2020) e Sozinha cheia de poodles (urutau, 2021). Tem prêmios na área do teatro e artigos publicados em periódicos e livros destinados aos estudos culturais e artísticos, com destaque para a análise de produções que abarcam questões relacionadas aos gêneros e às sexualidades. Atualmente, pesquisa o conceito de inespecificidade em escritas e inscrições brasileiras nas artes da cena e na literatura.

Índice onomástico

Trajetória da obra

2021
Início da pesquisa de pós-doutorado no Programa de Pós-Graduação em Artes da Cena da Universidade Federal do Rio de Janeiro (PPGAC/UFRJ), com supervisão da Profa. Dra. Gabriela Lírio. Rio de Janeiro, RJ, 2021.
>
Início do processo de criação da palestra-performance na oficina "Definir até perder o contorno", com Felipe Ribeiro. Atos de Fala – Festival de Performance. Rio de Janeiro, RJ, 2021.
>
Apresentação da palestra-performance (em processo) no Festival RePensa, com curadoria de Rogério Garcia. Rio de Janeiro, RJ, 2021.

2022
Publicação do artigo: "Caio – cair até inventar onda", no dossiê: "Corpos, Performances e Autenticidade na Cultura Digital e Visual", da *Revista LOGOS* #57, v.28, n.2. Rio de Janeiro, Revista do Programa de Pós-Graduação em Comunicação da Universidade Estadual do Rio de Janeiro (PPGCOM/UERJ), 2022.
>
Apresentação da palestra-performance para a turma da disciplina "Ética no Teatro" do curso de bacharelado em Artes Cênicas – Habilitação Direção Teatral da Escola de Comunicação da Universidade Federal do Rio de Janeiro (ECO/UFRJ). Atividade realizada em parceria com o professor Gabriel Morais. Rio de Janeiro, RJ, 2022.

>

Apresentação da palestra-performance para a turma da disciplina “Ator II” do curso de bacharelado em Artes Cênicas – Habilitação Direção Teatral da Escola de Comunicação da Universidade Federal do Rio de Janeiro (ECO/UFRJ). Atividade realizada em parceria com a professora Gabriela Lírio. Rio de Janeiro, RJ, 2022.

>

Apresentação da palestra-performance para a turma da disciplina “Seminários de Pesquisa” do curso de mestrado em Artes da Cena do Programa de Pós-Graduação em Artes da Cena da Universidade Federal do Rio de Janeiro (PPGAC/UFRJ). Atividade realizada em parceria com o professor Daniel Marques. Rio de Janeiro, RJ, 2022.

>

Apresentação da palestra-performance para a turma da disciplina “Pesquisa em Artes” do curso de mestrado em Artes Cênicas do Programa de Pós-Graduação em Artes Cênicas da Universidade Federal do Estado do Rio de Janeiro (PPGAC/UNIRIO). Atividade realizada em parceria com a professora Rosyane Trotta. Rio de Janeiro, RJ, 2022.

>

Apresentação da palestra-performance na Livraria da Travessa de Botafogo. Rio de Janeiro, RJ, 2022.

>

Apresentação da palestra-performance para a turma da disciplina “História da Videodança” do curso de bacharelado em Dança da Escola de Educação Física e Desportos da Universidade Federal do Rio de Janeiro (EEFD/UFRJ). Atividade realizada em parceria com os professores Felipe Ribeiro e Maria Alice Poppe. Rio de Janeiro, RJ, 2022.

>

Apresentação da palestra-performance no Simpósio "Artes da Cena Contemporânea", do Grupo de Trabalho Dramaturgia e Teatro, da Associação Nacional de Pós-Graduação e Pesquisa em Letras e Linguística (ANPOLL). Professoras responsáveis pelo Grupo de Trabalho: Ana Paula Lemos, Gabriela Lírio e Martha Ribeiro. Rio de Janeiro, RJ, 2022.

>

Apresentação da palestra-performance para a turma da disciplina "Seminário Interno de Pesquisa: Metodologia de Pesquisa Partilhada" do curso de doutorado em Artes da Cena do Programa de Pós-Graduação em Artes da Cena da Universidade Federal do Rio de Janeiro (PPGAC/UFRJ). Atividade realizada em parceria com o professor Manoel Friques. Rio de Janeiro, RJ, 2022.

>

Apresentação da palestra-performance para a turma da disciplina "Atuação IV" do curso de bacharelado em Artes Cênicas do Centro de Letras e Artes da Universidade Federal do Estado do Rio de Janeiro (CLA/UNIRIO). Atividade realizada em parceria com a professora Tania Alice. Rio de Janeiro, RJ, 2022.

2023

Apresentação da palestra-performance para integrantes do LABo – Pesquisa Contínua em Artes, no Sítio do Cavalo Baio. Corrêas/Petrópolis, RJ, 2023.

>

Apresentação da palestra-performance para a turma da disciplina “Movimento e Percepção” do curso de bacharelado em Artes Cênicas do Centro de Letras e Artes da Universidade Federal do Estado do Rio de Janeiro (CLA/UNIRIO). Atividade realizada em parceria com a professora Laura de Castro. Rio de Janeiro, RJ, 2023.

>

Apresentação da palestra-performance para a turma da disciplina “Tópicos Especiais em Psicologia Clínica II” do curso de bacharelado em Psicologia do Instituto de Psicologia da Universidade Federal do Rio de Janeiro (IP/UFRJ). Atividade realizada em parceria com a professora Fernanda Canavêz. Rio de Janeiro, RJ, 2023.

>

Apresentação da palestra-performance para a turma do Curso Livre de Improvisação da Escola de Teatro O Tablado. Atividade realizada em parceria com o professor Pedro Kosovski. Rio de Janeiro, RJ, 2023.

>

Apresentação da palestra-performance para a turma da disciplina “Atuação VI” do curso de bacharelado em Artes Cênicas do Centro de Letras e Artes da Universidade Federal do Estado do Rio de Janeiro (CLA/UNIRIO). Atividade realizada em parceria com a professora Tania Alice. Rio de Janeiro, RJ, 2023.

>

Apresentação da palestra-performance para a turma da disciplina “Fundamentos da Atuação”, dos cursos de bacharelado e licenciatura em Teatro da Faculdade Cesgranrio. Atividade realizada em parceria com a professora Joana Lebreiro. Rio de Janeiro, RJ, 2023.

>

Apresentação da palestra-performance para integrantes do laboratório "Traços Comunais II" do LABo – Pesquisa Contínua em Artes. Atividade realizada em parceria com o artista Patrick Sampaio. Rio de Janeiro, RJ, 2023.

>

Apresentação da palestra-performance para as turmas das disciplinas "Performance – processos e modalidades" e "Tópicos Especiais em Artes Visuais I" do curso de bacharelado em Artes Visuais do Instituto de Artes da Universidade do Estado do Rio de Janeiro (ART/UERJ). Atividade realizada em parceria com a professora Camila Bastos Bacellar. Rio de Janeiro, RJ, 2023.

>

Apresentação da palestra-performance para as turmas das disciplinas "Arte e Cena I" e "Arte e Cena II" dos cursos de mestrado e doutorado em Artes da Cena do Programa de Pós-Graduação em Artes da Cena da Universidade Federal do Rio de Janeiro (PPGAC/UFRJ). Atividade realizada em parceria com o professor Daniel Marques. Rio de Janeiro, RJ, 2023.

>

Apresentação da palestra-performance para a turma da disciplina "Metodologia do Ensino do Teatro IV" do curso de licenciatura em Artes Cênicas do Centro de Letras e Artes da Universidade Federal do Estado do Rio de Janeiro (CLA/UNIRIO). Atividade realizada em parceria com a professora Isabel Penoni. Rio de Janeiro, RJ, 2023.

>

Apresentação da palestra-performance para a turma do curso "Escritas performáticas – invenção e procedimentos artísticos" do Centro de Edução Continuada da Pontifícia Universidade Católica do Rio de Janeiro (CCE/PUC-Rio) Atividade realizada em parceria com as professoras Adriana Maciel, Lia Duarte Mota e Raïssa de Góes. Rio de Janeiro, RJ, 2023.

>

Apresentação da palestra-performance para a turma da disciplina "Psicologia e Teatro" do curso de bacharelado em Psicologia da Universidade Santa Úrsula (USU). Atividade realizada em parceria com a professora Claudia Mele. Rio de Janeiro, RJ, 2023.

>

Apresentação da palestra-performance na Casa Jangada. Atividade realizada em parceria com as psicólogas clínicas Ana Thereza Ribeiro Coutinho e Bruna Pinna. Rio de Janeiro, RJ, 2023.

Agradecimentos

As autoras e obras citadas diretamente no texto estão indicadas nas referências. Mas é provável que a leitora identifique outras relações com conteúdos que não foram listados. Os fragmentos que compõem esse texto foram escritos ao longo dos últimos anos. Devido a internalização das leituras, algumas apropriações foram feitas.

Esse trabalho faz parte da minha pesquisa de pós-doutorado no Programa de Pós-Graduação em Artes da Cena da Universidade Federal do Rio de Janeiro (PPGAC/UFRJ), no qual também sou professor colaborador. Agradeço às alunas, alunos e alunes, professoras, professores e colegas de trabalho. Em especial, agradeço a Gabriela Lírio, amiga e supervisora dessa pesquisa, pela presença, escuta, incentivo e esperança no futuro; Manoel Friques, minha parceira de salas de aula, sonhos, projetos e pistas; e Eleonora Fabião pela inspiração e por chegar junto para ser corpo comigo nesse trabalho, escrevendo sua orelha.

Agradeço a Fundação de Amparo à Pesquisa do Estado do Rio de Janeiro (FAPERJ) pelo auxílio para a realização desta publicação.

Agradeço a minha editora, Adriana Maciel, pela leitura interessada e trocas afetivas. Vida longa à Numa.

No formato de uma palestra-performance, esse texto foi apresentado em diversas salas de aula, eventos, espaços de pesquisa e livrarias.

Agradeço às professoras, professores, artistas e profissionais: Adriana Maciel, Adriana Schneider Alcure, Ana Paula Lemos, Ana Thereza Ribeiro Coutinho, Bruna Pinna, Camila Bastos Bacellar, Claudia Mele, Daniel Marques, Eleonora Fabião, Felipe Ribeiro, Fernanda Canavêz, Gabriel Morais, Gabriela Lírio, Isabel Penoni, Joana Lebreiro, Laura de Castro, Leonardo Marona, Lia Duarte Mota, Manoel Friques, Maria Alice Poppe, Martha Ribeiro, Patrick Sampaio, Pedro Kosovski, Raïssa de Góes, Rogério Garcia, Rosyane Trotta e Tania Alice.

Tenho a sorte de cair no maravilhoso chão das amizades. Agradeço às amigas e amigos que contribuíram diretamente com esse projeto: Bárbara Cabral, Bel Flaksman, Bernardo Lorga, Bruno Mello, Doca, Estela Rosa, Frederico Santiago, Gunnar Borges, Julia Deccache, Júlia Portes, Lia Sarno, Luar Maria, Lucas Canavarro, Luiz Gustavo Dubois, Maíra Motta, Maria Isabel Iorio, Marília Nunes, Mayara Yamada, Mila Teixeira, Natália Araújo, Patrick Sampaio, Philippe Baptiste, Renato Linhares e Yuri Quevedo.

Por último, agradeço ao chão familiar que me ampara: Beatriz Mandarino, Carolina Arnizaut, Celso José e Maria da Glória, muito obrigado. Eu amo vocês.

escritasperformáticas

Reunimos, sob este selo, textos que se encaixam na ideia de Escritas performáticas desenvolvida por Lia Duarte, Raïssa de Góes e Adriana Maciel. Textos que expandem os contornos dos sentidos, que escavam a linguagem, textos que deslocam, a nós, leitores, nos fazendo dançar sobre o terreno da inconstância, alterando a noção de escuta e nossos equilíbrios delicados. Escrita performática – entre a tinta e o papel, o gesto que se dá sobre e sob as superfícies extensas da ficção, aquela que se faz na dissonância, as narrativas em dissenso. Um modo de ocupação de espaços, de escavação de sentidos, um modo de leitura.

LIVROS DA COLEÇÃO

À esquerda, Nina
Lia Dumo

Hidratação
Valeria Campos

Cair até inventar onda
Caio Riscado

COORDENAÇÃO ESCRITAS PERFORMÁTICAS
Adriana Maciel
Lia Duarte Mota
Raïssa de Góes

EDIÇÃO
Adriana Maciel

PRODUÇÃO EDITORIAL
Jul

PROJETO GRÁFICO
Dupla Design

REVISÃO
Laryssa Fazolo

IMAGENS
Caio Riscado
Bruno Mello (pág.195)
Pai do autor (pág. 236/237)

R595c Riscado, Caio
Cair até inventar onda / Caio Riscado.
Rio de Janeiro: Numa Editora, 2023.

ISBN 978-65-87249-98-8

252 p. : il. ; 13cm x 18cm

1. Autobiografia.
2. Palestra-performance.
3. Queda.
I. Título.

2023-2960 CDD 920
CDU 929

Elaborado por Vagner Rodolfo da Silva - CRB-8/9410

Índices para catálogo sistemático:
1. Autobiografia 920
2. Autobiografia 929

numa

contato@numaeditora.com
@numaeditora
numaeditora.com

até